少年陰陽師

しょうねん おんみょうじ

少年陰陽師 壹

異邦の影を探しだせ

異邦的妖影

結城光流—著 陳柏瑤—譯

平安京地圖

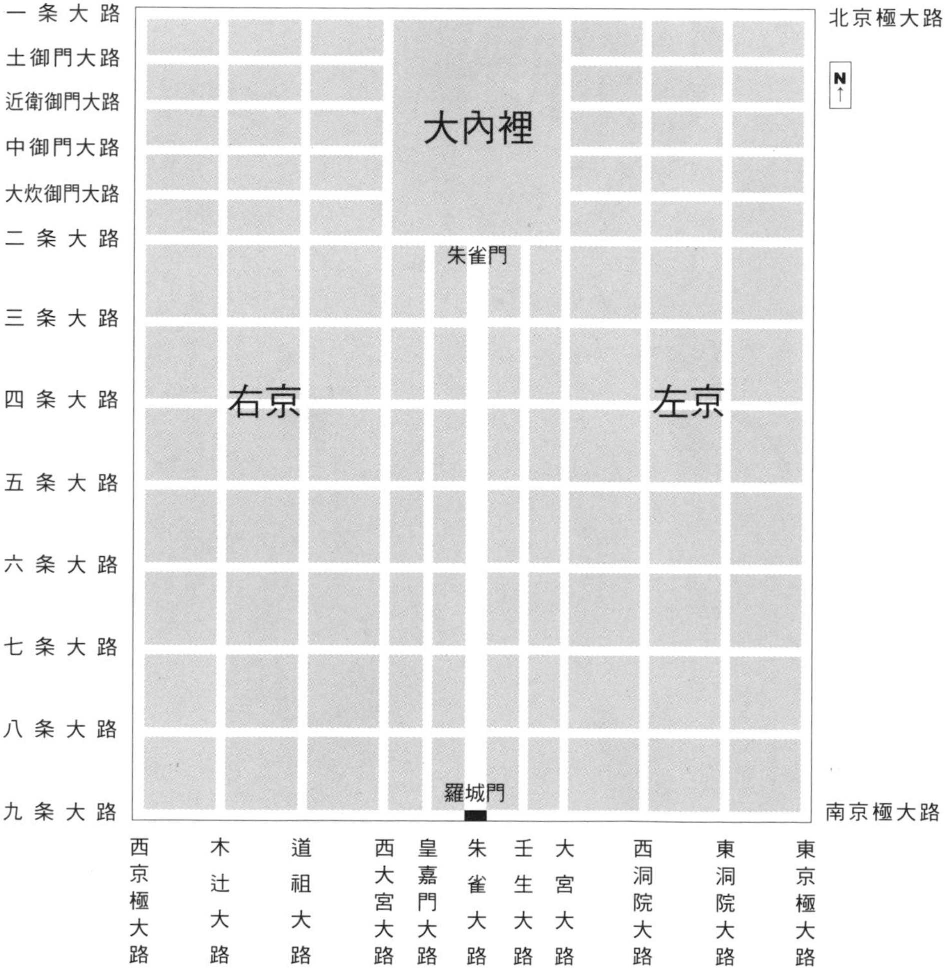
一条大路
土御門大路
近衛御門大路
中御門大路
大炊御門大路
二条大路
三条大路
四条大路
五条大路
六条大路
七条大路
八条大路
九条大路
北京極大路
N
南京極大路
大內裡
朱雀門
右京
左京
羅城門
西京極大路
木辻大路
道祖大路
西大宮大路
皇嘉門大路
朱雀大路
壬生大路
大宮大路
西洞院大路
東洞院大路
東京極大路

重要人物介紹

昌浩讓小怪擺出『萬歲！』的樣子。

安倍昌浩

安倍家的么子，十三歲的菜鳥陰陽師。雖然還在修行，但是天生具有極強大的靈力，再怎麼細微的妖氣都察覺得到。個性很好強，最討厭的一句話就是『安倍晴明的孫子』，立志一定要超越晴明，成為最偉大的陰陽師！

小怪

四隻腳的神物，是與昌浩形影不離的好朋友。雖然一直不承認自己是『怪物』，但是昌浩卻硬要叫它『小怪』。它的長相可愛，嘴巴卻得理不饒人，態度也桀驁不馴。平日化身為小怪，但其實它還有另一個真正的身分……

紅蓮

晴明操縱的式神，是十二神將之一的『火將騰蛇』。身材高大強壯，頭戴金色頭箍，相貌精悍，有一對如火焰般燃燒的金色眼睛。愈是陷入絕境時，愈能顯露出猛烈似火的本性。

藤原彰子

左大臣藤原道長的女兒，比昌浩小一歲。擁有一頭如瀑布般的美麗長髮，個性率真大方。雖然和昌浩一樣能看見妖怪，卻一點都不會覺得害怕，但也因此成為妖怪覬覦的對象。

安倍晴明

歷代少見的偉大陰陽師。極疼愛孫子昌浩，但因為太了解昌浩不服輸的個性，因此常常故意用激將法，對孫子冷嘲熱諷。昌浩因此非常討厭晴明，叫他『老狐狸』。

1

『擠死了！……』

一陣低聲的碎碎唸後，從暗處也傳來嘀嘀咕咕的回應。

『有什麼辦法啊？我也已經盡量靠邊擠了，不要再抱怨了啦！』

『我身材比較高大，所以比你還難受呢！你就不能再過去點嗎？』

『我已經說過，不要再擠過來了！』

兩人一來一往地，話語裡盡是尖酸刻薄。

突然，黑暗中傳來了誇張的歎息聲。

『唉！真是的，不能想些更好的辦法嗎？難道只能使出這種既無趣又沒效率的計策嗎？』

『小怪，不然你還有什麼更好的方法嗎？』

語氣一聽就是愈說愈不服氣。不過對方也毫不留情的反擊。

『想出對策可是你的責任啊，不要賴到別人頭上！』

『哼……』

那個被稱作『小怪』的傢伙，面對陷入沉默的另一人依舊說個沒完沒了。

『啊——難道今晚又是白忙了嗎？又要等到天亮然後垂頭喪氣地回去嗎？已經監視四天了，我看還是回家休息吧，晚上本來就是用來睡覺的。』

短暫的沉默後，一陣充滿怒氣的低沉聲音突然劃破寂靜。

『既然這樣，你就回去吧，不要再跟著我了！你別以小怪的身分，厚著臉皮說什麼「晚上本來就是用來睡覺的」！』

『喂，你怎麼可以說出這種話？我還不是因為擔心你才跟過來的，你還只是個菜鳥啊。啊——啊，看來，你不再是那個可愛的昌浩了呀！嗚……嗚……』

昌浩瞪著故意裝哭的小怪，冷冷地回答：

『我們在一起不過才幾個月，那時我早就十三歲了，你幹嘛還要用什麼可愛來形容我呢？』

突然，不管怎麼睜大眼睛還是一片漆黑的空間裡，傳來了竊笑聲。

『啊，被發現了？』

昌浩是既氣憤又驚訝，他嘆了口氣，皺起眉頭。沙——沙——好像有什麼冰冷的東西慢慢靠了過來。那是普通人無法感覺到的，但只要直覺稍微敏銳，留心點應該還是能察覺得到，或者根本就能瞧見那東西的身影了吧。

昌浩的額頭不停地冒著汗。

『終於來了……』

等了三個晚上，那傢伙一直沒有出現，今晚決定躲起來試試看，結果這個判斷是正確的。接下來又該怎麼辦呢？是要一口氣解決掉那個傢伙，還是等它慢慢靠近再撲過去？

小怪悄悄地貼近昌浩的耳朵，緊張又僵硬地說：

『晴明的孫子，可別大意啊！』

啪！——是頭部被打的聲音。昌浩不自覺地發出了怒吼：

『不要叫我孫子！』

喀咚喀咚的巨大聲響與他說話的聲音交疊。昌浩猛然起身，撞開了藏身的櫃

門，眼前視野大開。時間是大半夜，地點是如今已岌岌可危的廢墟，殘破的屋頂還漏著月光。

從幽暗狹窄的櫃子裡轉到外面明亮寬敞的空間之後，昌浩還是狠狠地瞪著腳邊的那個東西。

『我已經說過多少次了，不要叫我孫子！聽懂了嗎？你這個怪物！』

『那你也不要叫我小怪！』

那個四腳怪物站在昌浩腳邊，威風地瞪著他。它的身體像隻大貓，但既不是真正的貓也不是狗，更不像其他任何一種動物，恐怕沒人見過這樣的生物吧！它的額頭上有著紅色的印記，看起來像朵花。長長的耳朵垂掛在後面，脖子周圍環繞著勾玉形狀的突起物。眼睛圓滾滾的，眼眸猶如透明的夕陽。

雖然它的模樣相當可愛，但很顯然地就是個怪物啊。怪物、妖魔、異形、妖怪、變身動物、怪東西……怎麼稱呼都可以，但是昌浩喜歡叫它『小怪』。不過，那怪物顯然不喜歡這種稱呼，因為所謂的『怪物』，其實是懷著怨恨的幽靈變成的，與自己這種異形的妖怪是截然不同的，小怪這樣說。

但昌浩卻認為『沒關係啦，沒什麼差別吧』，於是它就在不情願也莫可奈何的情況下被稱為『小怪』了。

原本搖著細細的尾巴，一直瞪著昌浩的小怪，開始拚命眨眼睛，一副目中無人的樣子。

『喂！』

『做什麼啦？』

『前面！』

『什麼?!』

昌浩怒氣沖沖的往前面看，驚訝地憋住氣——站在眼前的就是大骷髏啊！根本就把正事忘得一乾二淨了，眼前這個傢伙才是此行的目的！

大骷髏站在一動也不敢動的昌浩面前，哇的張開了巨大的下巴……

從長岡京遷都到平安京①不過兩百年左右的時間。京城裡，無數的妖魔猖獗，搞得大家不得安寧。現在與昌浩對峙的大骷髏，就是妖怪的其中之一。

昌浩姓安倍，十三歲，但還未舉行元服禮②。雖然即將在最近舉行，但因為還沒選好良辰吉日，所以尚未確定日期。

昌浩出身的安倍家族，代代皆以陰陽師為業。元服禮的吉日會由祖父卜卦決定，而安倍昌浩有個無人不知、無人不曉的祖父——安倍晴明，他是歷代少有的大陰陽師，也就是大家常說的『那個』晴明。因為有個赫赫有名的祖父，所以昌浩常被叫作：

『那個晴明的孫子。』

對他來說，這真是非常非常討厭的事！

『昌浩！』

隨著呼叫聲，昌浩終於回過神來。近在眼前的巨大嘴巴裡是一排整齊的牙齒，每一顆都跟人頭一樣大，就在他面前上下晃動著。昌浩瞪大眼睛驚叫：

『牙——齒！』

這可不是鬧著玩的，被那樣的牙齒用力一咬，身體一下子就會斷成兩半，這輩子也就玩完了。

昌浩本能地往後一退，右腳一伸，沒想到竟踢中櫃子的邊緣，整個人順勢跌了個四腳朝天。此時，大骷髏正好從他上方撲了過來，喀吱，喀吱，牙齒發出了磨蹭顫動的可怕聲音。如果不是跌了那麼一跤，恐怕早就被那些牙齒給咬爛了吧？

仰天倒成大字形的昌浩看著這一切，額頭冒出冷汗。看來『誤打誤撞』指的就是這種情況吧。剛才猛烈一撞，背部和頭部都有點疼——不，根本就是非常痛！不過眼前還是得先把身體的疼痛給忘了。

『昌浩，站起來啊！』

小怪咬住昌浩的袖子，拚命拉扯著，昌浩慌亂地跳起來，猛地又撞上了小怪。

『哇啊！』

剛剛才摔個半死，現在側身又撞個正著，昌浩挺起身子，大聲抱怨：

『做什麼啦?!』

就在這時，大骷髏來到了昌浩剛剛那個位置。

突然一陣劇烈的聲響，掉了漆的老舊櫃子碎裂成木屑，碎屑四處飛落，巨大的撞擊讓整座廢墟震動起來，塵埃漫天飛舞。

『——哇啊！』

小怪跑到嚇得臉部抽搐的昌浩身邊，睜大眼睛瞪著大骷髏。

『終於出來了啊。竟然讓我們足足等了四天！沒想到再見面已是百年後了。』

『沒錯！小怪，快說些什麼讓它知道我們的厲害！』

昌浩緊握著拳頭，小怪得到他聲援，繼續說著：

『你這個騷擾京城的大骷髏，給我聽清楚了，雖然這孩子還沒出師，常把事情搞砸，不是很靠得住，但只要多加磨練，以後還是有可能變成偉大的陰陽師的，你就等著他來收拾你，認命吧！』

昌浩聽了不禁撲倒在地。小怪的聲音高亢洪亮，但沒想到說的竟是……他用手撐起身子，不高興地皺著眉頭。

『等等，小怪，你未免把我說得太糟了吧！』

『沒錯啊，我說的都是實話。還有，不要再叫我小怪了！』

小怪不理會昌浩的抗議，用下巴指著大骷髏的方向。

『你看，它又來了！』

城郊的這座廢墟，夜夜都有妖怪出沒，捕捉路過的動物或人類為食。

『得想想辦法啊！』約十天前，祖父晴明接到了這樣的請託。

當時安倍家正為了籌備家中么子的元服禮而忙得不可開交。不但有許多用品必須備齊、要訂做衣物，還得拜託專人執行加冠儀式，甚至要理髮以及準備慶賀宴會等等。繁瑣的事情堆積如山，再沒有比這些更令人煩心的了。除此之外，身為主角的昌浩，也有修行的重擔如萬丈高山般橫在眼前。

位於安倍家一角的房間裡，昌浩埋首於成堆書本中，專心地翻閱著。祖父晴明、父親吉昌、大哥成親與二哥昌親都擁有大量的陰陽道相關書籍，昌浩一本本翻閱著，身後則是幾乎可以稱為『同居人』的小怪，它忙碌地將那些看過的書冊疊起，將卷軸恢復原狀。

就在這時，晴明來了。

『咦？佩服，佩服，在認真讀書啊。』

『……特地過來這裡，有什麼事嗎？』

晴明帶著滿臉和藹笑容突然出現，昌浩的目光只好離開書本，抬起頭來，皺著眉對他露出懷疑的眼光。

有件事，昌浩是深信不疑的——他的祖父，也就是歷代少有的大陰陽師安倍晴明，絕對不是人。據說晴明的母親是隻狐狸，他小時候有吃怪東西的癖好，能聽懂鳥語。面對擁有這些不尋常傳聞的老頭子，昌浩其實只有一個感想：他根本就是隻狐狸嘛！而且，不是普通的狐狸，是活了幾十年，擁有一身妖力，已經修煉成精的狐狸，絕對錯不了！在昌浩還很小的時候，晴明對他做出種種嚴苛的惡行，就是最佳證明。

晴明滿佈皺紋的臉龐堆滿笑容，他把那些書冊與卷軸移開，『唉』的一聲，彷彿相當吃力地坐了下來，直接坐在沒有蒲團的冰冷地板上。昌浩嘟著嘴，不甘不願地起身，把自己的蒲團讓給晴明。

『好體貼啊，昌浩。』

『有什麼事嗎？』

昌浩冰冷的態度似乎沒有影響到晴明的好心情，他『啪』的一聲收起了摺扇。

『沒錯，沒錯，昌浩。』

『什麼？』

看著滿臉狐疑正準備坐下的昌浩，晴明若無其事地笑著說：

『妖怪出現這件事，就由你去替我跑一趟吧！』

叫一個還沒正式進入陰陽寮③，年僅十三歲的學徒去驅逐妖怪？晴明的腦袋是不是有問題啊？況且，還以那種滿不在乎的輕率語氣說『去替我跑一趟吧』。

『小怪，你不覺得很奇怪嗎？』

昌浩一面躲著大骷髏的追逐，一面埋怨著晴明的冷酷無情。

『知道了啦，反正你就找機會反擊吧。』

原本可以站著走的小怪，逃跑時卻還是像隻四腳奔跑的動物。

雖說是殘破的廢墟，但這座貴族住過的宅邸倒也相當廣闊。昌浩與小怪踢倒破舊的屏風、幔帳，撥開竹簾，飛越椅子的扶手，倉皇地到處亂竄。大骷髏緊跟在後，撞開那些障礙物直追而來，現場陷入驚天動地的局面，幾根支撐房屋的樑柱也斷成了兩半，搖搖欲墜的房子傳出了吱吱嘎嘎的搖晃聲響。

『哇啊！』

昌浩突然往前撲倒，打了個滾。黑暗中他什麼也看不見，地上不知何時多了張榻榻米，他就這樣給絆倒了。

『好痛——痛啊！』

昌浩按著撞到的膝蓋，痛得淚眼汪汪，而身後煞不住車的大骷髏就從他的頭頂飛越而過，然後猛力撞上樑柱。原本吱吱嘎嘎的搖晃聲，突然變成了再清晰不過的可怕巨響。天花板不斷地落下灰塵，看樣子，這間屋子恐怕就要這麼毀了。

『喂，喂，振作點啊，晴明的孫子！』

昌浩斜眼瞪著表情錯愕的小怪，接著一躍而起，與大骷髏迎面對峙。大骷髏轉過身來，大大的牙齒發出了磨蹭的巨響，漸漸朝他們逼近。

昌浩調整氣息，雙手打出手印，口中唸唸有詞：

『嗡阿比拉嗚卡！』

大骷髏突然不動了。

接著昌浩取下掛在脖子上的念珠，纏繞在手上，繼續唸道：

『南無馬庫薩瑪達帕・參達馬卡洛夏・塔拉塔岡曼！』

大骷髏散發出令人痛苦不堪的妖氣，像荊棘般尖銳地朝著昌浩迎面襲來。不過，昌浩手中的念珠劇烈地搖晃著，立刻擊退了那些波動。

『喂，有進步了喔！』

昌浩踢了再度插嘴搗蛋的小怪一腳，然後從懷裡取出一張符咒。

『恭請奉迎，諸神諸真人降臨，縛鬼伏邪，百鬼消除，急急如律令！』

隨著咒語飄送出的符咒剛好貼上大骷髏的額頭，釋放出耀眼奪目的閃光。大骷髏嘶吼著，發出震耳欲聾的咆哮聲。

『奇怪，又沒有喉嚨，聲音是從哪兒發出來的？』

『現在不是想這個的時候啦！』

昌浩對歪著頭提出奇怪問題的小怪怒吼。

就在那一瞬間，大骷髏的形體開始變得模糊不清。昌浩睜大了眼睛看著，這

個將近一丈高的巨大骷髏，它的原形究竟是……

『什麼?!等等，這是怎麼回事啊？』

嚇得失魂落魄的昌浩不禁倒退了好幾步。

什麼?!大骷髏的原形竟是由成千上百具骷髏因生存的念力而聚集變化形成的，是真正不折不扣的『怪物』。數以千計的骷髏一起怒視著昌浩。看著驚嚇得要命的昌浩，小怪認真地解說起來。

『聽著，昌浩，所謂的「怪物」指的就是這樣的東西，既然看過了真正的怪物，從此以後，就不要再叫我怪物了。』

『這種時候，你還能這麼冷靜啊？』

昌浩嚇得快哭出來了，小怪卻一臉若無其事的樣子。

『哎呀！沒關係啦，沒問題的。剛才你施展的法術，不是讓那個大骷髏消失不見了嗎？所以啊，也就是說那股邪惡的力量已經不存在了！』

彷彿是在呼應小怪自信滿滿的說法，那些原本怒視著昌浩的骷髏，瞬間化作了黑煙。數千具骷髏發出隆隆巨響，原本無風無息的宅邸內，家具四處亂飛，所有的東西都被吹走了，空無一物的地板上僅散落著殘破不堪的符咒。

昌浩鬆了口氣，剛才彷彿被嚇掉了半條命似的。

『啊，終於結束了……』

他一邊喘氣一邊自言自語之際，突然又傳來奇怪的聲音。

『咦？』

昌浩與小怪抬起頭來，只見天花板的樑柱劇烈地彎曲龜裂，散落了一地的碎片。如此殘破的廢墟還能屹立不搖，原本就讓人覺得不可思議了，如今在昌浩他們追逐亂竄以及骷髏四散後的衝擊下，僅存的最後一絲耐力終於走到了盡頭。

『哇啊——啊！』從傾毀的宅邸中，傳出了昌浩響徹天際的慘叫聲。

『我在想啊，昌浩。』

『什麼？』

沾滿灰塵的小怪感慨地說：

『運氣果然很重要，雖然你對平日的修行沒多大自信，不過靠著運氣卻能無往不利啊。』

同樣滿身灰塵的昌浩，無力地癱坐在地上。

『你就不能說是因為我平日修行的緣故，所以才沒有被斷樑和屋頂壓死嗎？』

面對愁眉苦臉的昌浩，小怪沉默地看著四周。

徹底瓦解的廢墟裡，殘骸散落一地，由於昌浩與小怪的附近並沒有粗壯的樑柱，因此他們才沒有被擊中，只是頭部受了點輕傷罷了。

但是昌浩知道，就在廢墟傾毀的剎那間，湧現出紅色的亮光，同時出現了一個人影。那個身影伸出強壯的手臂，毫不費力地揮開了就要落在自己頭上的屋頂，所以最後自己只被灰塵與碎片波及，那絕不只是因為運氣好而已。然後，就在所有妖怪被趕走的同時，那個人影也消失了，只剩下自己與小怪。

『哎呀，全身都是傷！』

看著身旁皺著臉伸懶腰的小怪，昌浩露出了莫名其妙的笑容，然後再也忍不住地打起哈欠。

『呼……啊……好想睡喔……』

經過三天的熬夜埋伏，再加上第四天的這場大騷動，昌浩早已筋疲力竭。一放下心頭的那塊大石頭，眼皮就變得像鉛塊一樣沉重。

看著慵懶無力的昌浩，小怪連忙站了起來。

『喂！別睡著啊。在這裡睡著可是會被蟲咬的，肯定會痛死你。喂，你聽到了嗎？』

『嗯……』

昌浩頭靠著枕頭般的木片，就那麼進入了夢鄉。小怪毫不留情地推打昌浩。

『討厭，起來啦，晴明的孫子！我說晴明的孫子啊！』

但是無論怎麼叫、怎麼搖，洪亮的鼾聲依舊照響不誤，看來是完全叫不醒了，即使小怪不斷嚷著那句被視為大忌的『晴明的孫子』，昌浩還是沒有任何反應，完全陷入熟睡之中。

『我不管你了啦，可惡！』

小怪的吼聲在空中迴盪著。

東方原本深藍的天際，漸漸開始變成淡淡的紫色。

昌浩醒來時，已經躺在床鋪上了。

『咦？』

他起身看看四周，熟悉的天花板與擺設，耐不住日曬而褪色的竹簾，隨風搖曳的幔帳，以及角落堆得像山高的書冊與卷軸——沒錯啊，是自己的房間。

躺在身邊的小怪露出肚皮熟睡著，那個模樣實在太鬆懈，也未免太不設防了吧?!不過怪物露著肚子睡覺，也是天經地義的啊。

昌浩不自覺地按著額頭，想想根本不需要擔心這種事。如果真有妖怪襲擊這個家，大陰陽師安倍晴明根本不會坐以待斃。況且家裡還有晴明的兒子吉昌。『天敵』陰陽師都聚集在這裡，妖怪哪還敢乘機跑來作亂？

昌浩低頭看看自己，僅穿著一件單衣，原本身上的外衣和外褲亂七八糟地丟在一旁。身上這件薄薄的單衣，可能是從哪個打開的櫃子裡隨便找出來的吧。用帶子綁住的頭髮滿是灰塵，再仔細一看還沾有泥巴呢。

依照種種跡象分析的結果，看來自己是被小怪拖回這裡的，但是那麼嬌小的身子怎麼背得動自己呢？而且……

『其實睡在那種地方，也沒什麼不好啊。』

昌浩搔著頭自言自語時，方才熟睡中的小怪突然伸出腿，踢中了昌浩的肚子。

『哇啊！』

遭到突襲的昌浩兩手壓住被踢中的部位，低頭瞪著小怪。猛然起身的小怪，傲慢地叉著腿站著。

『快跟我說謝謝，快說啊。怎麼打怎麼踢都叫不醒，我可是拚了命才把你給扛回來的！』

但是，昌浩對小怪的話充耳不聞，歪著頭看著亂丟一地的外衣和外褲，一副若有所思的樣子。

『咦？衣服雖然弄髒了，卻沒有破，我知道你的力氣只剛好能拖得動我，但怎麼沒弄痛我任何地方呢？』

『喂，你跟人家說話時，不能看著對方的臉嗎？沒人教過你這些禮儀嗎？』

『啊，小怪，難道你是用木板或什麼東西把我拖回來的嗎？真是聰明！』

『沒錯！因為要是不小心弄破了你的衣服，那就糟糕了。不是嗎？』原本順著昌浩的稱讚說著大話的小怪，突然回過神來嚷著：『雖然已經五月中，但清晨還是會冷的，我可是拚命把你送回來的呢！昌浩，你這個沒血沒淚的傢伙，唉，虧你以前那麼可愛……』

『以前？那究竟是什麼時候啊？不過是幾個月前的事，不要說什麼以前！』

昌浩抬頭看著天花板，心裡嘟囔著，人家那時候只不過想睡覺嘛……接著他忽然笑了起來。

『小怪，你真的好溫柔喔，謝謝！』

『一點誠意都沒有。』

昌浩握起拳頭，輕搥著半閉眼的小怪的背。

『現在可以驕傲地去向爺爺報告，說我們消滅大骷髏了。』

看吧，狐狸爺爺，我還是辦到了。

『——那是什麼啊，昌浩？』坐在昌浩身旁的小怪，翻著白眼往桌上瞧。

『咦？晴明的……』

『爺爺？』

小怪指著桌上的紙，昌浩趕緊放下手中的衣服，拿起那張紙，讀著上面秀麗的字跡。

『哼……』

不知為何，昌浩的表情有了殺氣，握著紙的手用力地捏出了皺摺，不久，他的肩膀開始微微顫抖……『啪』的一聲，晴明寫的字條被捏成了紙團。

其實上面是這樣寫的：

雖是獨自驅妖，但也不能就此毀了那座廢墟。深夜的噪音會擾亂附近居民的安寧，請務必自知謹慎。你終究還是個學徒。

晴明

又來了！爺爺又用了千里眼之類的法術，就跟往常一樣，從頭到尾像看好戲一樣看著孫子的一舉一動，絕對是那樣，錯不了。

『哼……』

不可侵犯的神明，請幫我出口氣吧！

面對這種狀況已相當有經驗的小怪，開始慢慢後退，與昌浩保持距離。只見昌浩把紙團丟向牆壁，一邊揮舞著拳頭一邊嘶吼著：

『那個可惡的老頭子啊——！』

小怪的陰陽講座

①平安京的由來：原本的都城長岡京於西元七八四年設在長岡京市（現在的京都府向日市）附近，但是因為陸續發生不祥的怪事，於是恒武天皇在西元七九四年遷都到平安京，不過妖魔鬼怪仍舊橫行，所以才需要陰陽師啊！

②元服禮：這是日本男子的成年儀式，是根據中國古代的弱冠禮而來。舉行元服禮的時間大約在十一歲起至二十歲之間，不過愈早完成對未來愈有利，所以昌浩十三歲才進行算晚了。

③陰陽寮：是日本古代掌管占卜、天文、時刻、曆法的機構，並且負責朝廷的祭祀典儀，可以說是古代的科學、天文研究中心。陰陽寮內設有陰陽師、陰陽博士、陰陽生等不同的職位，像昌浩就是還在見習的菜鳥陰陽生。總之一般人都把他們叫作陰陽師。

2

五月下旬的良辰吉日。一切都準備就緒，安倍吉昌的么兒昌浩的元服禮終於要舉行了。

一般而言，貴族子弟會在約十一歲至二十歲間完成元服禮，不過多數人年過十一歲後就會舉行，然後由天皇賜予冠位決定仕途。由於與往後的升遷有關，所以愈早進行愈有利。像昌浩這樣直到十三歲還未完成元服禮的倒是少見。元服禮大多在一月舉行，昌浩的玩伴都已經在去年一月完行元服禮，接著被授予官職了。

『終於要完成元服禮了，等了好久啊！』

昌浩感慨地喃喃自語著。回想起過去種種，覺得自己老是無所事事，淨做一些不合身分的事情。對男人來說，『元服』可是一生中最重要的儀式啊！雖然一路走來糊裡糊塗、拖拖拉拉，但好不容易終於可以踏進大人的世界了。而且，要是稍微有點閃失，恐怕自己現在已經不在世上了吧！這也是他直到現在才舉行元服禮的原因。

『真的好漫長喔！』

身旁的小怪也百感交集地點點頭。

昌浩現在可以平安無事的活著，應該要歸功於小怪吧。他與小怪就像歷經了慘烈戰役的同志，這都是因為那時候他看不見妖怪啊……

『哎呀，該怎麼說呢？就好像成績很差的學生終於能夠獨當一面了。』

『什麼嘛，這種比喻！』

小怪用尾巴拍著皺起眉頭的昌浩，哈哈大笑。

『因為那個時候我真的以為自己快完蛋了。』

那個時候——昌浩回想起從前，的確沒錯啊，想起來就令人喪氣。

那是初夏的事了。有一天，晴明寫了張字條給不管別人怎麼勸，就是頑固地不想當陰陽師的昌浩。

不想當陰陽師也好，但總不能連試試看的勇氣都沒有吧！應該藉這個機會證

明自己的實力，所以就由你去制伏那些騷擾京城的妖怪吧！

到底是什麼意思嘛？昌浩氣憤地想著。但是氣歸氣，晴明的命令卻是絕對不能違逆的。

事實上，當時的昌浩失去了陰陽眼的靈力，只是個普通的孩子。而這個秘密只有昌浩自己和那時剛認識的小怪知道——也是因為小怪知道，所以原本解決不了的難題，後來才能輕輕鬆鬆地搞定。

服從晴明的命令雖然令人氣憤不已，但又不得不遵從。昌浩重溫了荒廢已久的陰陽道知識，並且為了補救看不見妖魔鬼怪的最大致命傷，要那個不知為何纏上自己的怪物幫忙，結伴去制伏妖怪。結果——看不見妖怪的恐懼，再加上第一次親眼見到可怕的妖氣，讓沮喪的昌浩不知所措，差點就被妖怪給吃了。

直到現在，他都還能清楚回想起當時的情形：妖怪的舌頭纏住了自己手腳那溼漉漉的觸感，還有黏糊糊揮之不去的瘴氣、刺耳駭人的咆哮聲，以及近八尺長的血盆大口中像梳子般整齊排列的牙齒。

但是昌浩得救了！救他的就是經常纏在身邊的那隻怪物，也就是當昌浩失去陰陽眼時，成為他的『眼睛』的小怪。它雖然嬌小，卻用盡全身的力氣頂住妖怪的牙齒，用自己的身體擋住了快被妖怪吞入口中的昌浩。為了救昌浩，小怪甚至不惜犧牲性命，自己都差點被妖怪吃掉。

那瞬間的震撼，昌浩恐怕永生難忘吧！

他回想起那時陷入了一點辦法也沒有的絕境。但是，為什麼自己會失去陰陽眼呢？

還有一件重要的事，就是與小怪的約定。

『哎，那時候我還以為自己就要死了，沒想到能活到現在，而且……』突然，昌浩的笑臉抽搐起來。『我一定要讓爺爺另眼相看！我發誓，絕不能輸，絕不！』

『有這樣的決心就很了不起了。加油啊，晴明的孫子！』

小怪高興地拍著手，昌浩則毫不遲疑地回嘴說：

『不要叫我孫子！』

這時，父親吉昌走了過來。

『準備好了嗎？』

昌浩慌忙起身。

『啊，好了。』

事實上，今天他與父親要前往左大臣藤原道長的府邸拜訪。

藤原道長在四年前被冊封為內覽④，並受命為右大臣。隔年他最大的政敵，也就是自己的外甥遭到降職後，他才終於得以升任為左大臣，目前在宮裡可說是最有權力的人。據說他的親人不久還將被納入後宮。當今天皇的皇居裡有一位正宮與三位嬪妃，若再納入其他妃子，恐怕又會引起一場權力鬥爭吧。

這些事情其實都是從大哥成親那兒聽來的，昌浩自己根本不懂。不過，若要成為御用的陰陽師，親近有權有勢的藤原道長並讓他記住自己，是絕對錯不了的。

今天的會面，聽說也是藤原大人自己提出的。由於昌浩是他最信任的陰陽師安倍晴明的小孫子，如今終於要舉行公開的元服儀式了，所以想在昌浩出仕前，先看看他的模樣。

聽到這裡，昌浩不禁想著：『我又不是什麼珍禽異獸。』但是，藤原大人可是宮裡屬一屬二的權臣，若得罪了他，恐怕這一生就完了。人生路還長得很，還是不要惹人厭吧。因此，昌浩隨著父親步行前往藤原道長居住的東三条府。

『什麼啊，你們一直都是這樣嗎？』一步步跟在吉昌與昌浩中間的小怪，搖晃著長長的尾巴說，『陰陽師的薪水是不是少得可憐啊？』

陰陽師無論是外出或晉見天皇，都不曾以車代步。年紀已大的晴明由於地位崇高，所以晉見天皇時，偶爾會乘車前往。然而吉昌或他的哥哥吉平卻依舊是徒步上朝。陰陽師的工作雖然勞心又勞力，但俸祿卻不可能太優渥。

『陰陽師應該屬於特殊技能吧？可是薪水卻這麼低，哼，實在不合情理！』

對於小怪的話，吉昌只能報以苦笑。擁有豐富知識與雜學的小怪，偶爾也能說出一番大道理。

『不過父親與爺爺還會接受後宮高官們的其他請託，應該另有收入吧，所以我想還不至於過得太辛苦。』

聽到這裡，小怪用後腳站起身來，拍了拍昌浩的腰。

『我可是為晴明與吉昌抱不平啊。而你，出仕以後首先就是到陰陽寮當雜工，薪水少當然沒話說了。工作辛苦，俸祿又少，晴明直到四十歲還是個見習陰陽師呢，即使現在成了偉大的陰陽師，卻還得那麼辛苦，又得不到好處。』

『你還真清楚啊，不愧是個怪物。』

吉昌苦笑著，小怪更是驕傲了起來。

『是啊，什麼都可以來問我啊。』

『可別得意忘形喔！』

昌浩拍打小怪的後腦勺，吉昌則冷眼旁觀。儘管被打得一點也不痛，小怪還是抱怨嚷著：『好痛啊，昌浩！』

每次看見昌浩與小怪沒有心防地相互打鬧，吉昌就會頭暈。因為他知道，小怪的本性與嬌小可愛的外表截然不同，是冷酷而可怕的。昌浩這麼沒有防備，遲早會觸怒小怪，實在不可不慎啊！但是，昌浩顯然不知情，一生氣就動手動腳，而小怪好像也不在意的樣子，吉昌只能冷冷地看著兩人打打鬧鬧。

東三条府的所在位置，是由西洞院大路往南直行，西洞院大路與二条大路的

交叉口。它是屈指可數的貴族宅邸中，最寬敞豪華的。
應該已經走過大半的路程了吧。在行人來往穿梭的大道上，昌浩和父親並肩而行，小怪則走在兩人中間，不過大部分的人是看不見它的。突然，小怪轉過頭，好像感覺到什麼似的來回張望著。
『小怪，怎麼了？』
昌浩停住了腳步，小怪也停了下來。吉昌不可思議地低頭看著小怪，小怪也抬頭看著吉昌。
『你沒有感覺到嗎？』
『感覺到什麼？』
吉昌還不明白發生了什麼事，側著頭問。
『怎麼了？』
小怪看了昌浩一眼，卻答不出個所以然，只是皺著眉，面有難色的思索著。
在那一瞬間，小怪感覺到了非常微弱的妖氣——微弱到若不全神貫注恐怕就感受不到。不過，那的確是與眾不同的詭異妖氣。

確實是有妖怪的氣息，但卻是過去從未感覺過的，實在太不可思議了……難道是自己太敏感了嗎？

由於小怪始終沒有開口說話，於是昌浩抱起它小小的身子。

『哇啊！』

面對昌浩突如其來的舉動，小怪顯得有些不好意思。

昌浩慎重的說：

『喂，我們必須趕去見左大臣大人，你可以繼續亂想，但千萬別停下腳步。走路過去已經浪費了不少時間，可不能讓大人久候啊。』

既然昌浩都這麼說了，小怪乾脆就坐在他的肩上，這樣也輕鬆多了。打從一開始也許就該這麼做吧。

『父親，我們加快腳步吧。』

昌浩和父親略微加快了腳步，繼續前進。小怪站在昌浩的肩上，依舊努力觀察著四周。

昌浩當然不用說了，就連吉昌也沒注意到有異樣，換句話說，是不是意味著

他那所謂的『第六感』直覺已經出了問題？總之，得和晴明談談才行。心中有了結論後，小怪便緊緊抓住昌浩的肩膀。

抵達東三条的左大臣府，差不多是下午四點。從家裡出發時已經三點多了，所以才花了不到半個小時左右。吉昌雖已年過四十，體力仍然很好，雖然步行，但並不以為苦，依舊面不改色。若是習慣以車代步的上流貴族，恐怕早已筋疲力盡了吧。

目前最有權勢的人的宅邸，果然擁有許多優秀的僕役。吉昌向出來迎接的雜役說明來意後，過了一會兒便走出了一位侍女。

『讓兩位久等了，請隨我來。』

昌浩跟隨在侍女身後，一路上東張西望，好奇地看著宅邸內的種種事物，坐在昌浩肩上的小怪不禁笑他：

『喂喂，這就能讓你驚訝成這樣啊？要是到了皇宮，光是大得驚人的佔地，恐怕就要讓你嚇破膽了吧。』

『嗯，是啊，不過我還是覺得這裡好漂亮啊。』

安倍家的僕人只有寥寥數人，所以每個人都盡量親自打理自己的事情。當然也沒有所謂的侍女，所以昌浩的母親非常忙碌。兩個哥哥則已經成親，不太常回到家中，如今的昌浩就像是獨子一樣。看到人口這麼多的宅邸，總是會感到好奇。

對了，左大臣的府邸已經如此壯觀了，想必皇宮更是不得了吧。

『到時候，我會迷路嗎？』

昌浩有些擔心地小聲唸著，肩膀上的小怪則拍拍胸膛說：

『交給我吧，到時候就由我來負責帶路！』

『啊，真的嗎？好了不起啊，小怪願意跟我到皇宮去嗎？』

『沒問題，包在我身上。皇宮可是異形或妖怪的巢穴啊，多我一個也沒什麼差別。』

昌浩斜眼看著洋洋得意又說得天花亂墜的小怪，微微皺起了眉頭。問題不是這樣吧，不過，既然小怪說沒問題，應該就沒問題吧，只要不被其他的陰陽師或晉見天皇的高僧，誤以為是妖魔鬼怪驅逐或降伏就好了。

寢殿位於宅邸的中央，從寢殿的竹簾可以看見整個中庭。連結寢殿和對屋的建築物則是渡殿⑤，藤原大人的家人就住在對屋裡。寢殿的南方前側有個廣闊的庭院，據說通常在那裡舉行宴會。位於庭院前的池塘，好像還可以划船嬉戲呢。

安倍家的庭院裡也有個池塘，不過只能當作裝飾用。昌浩還是嬰兒時，曾經掉進池塘裡，想必是個不怎麼大也不怎麼深的池子，他才能平安無事地順利長大吧。若是掉落在這麼大的池子裡，恐怕早就沒命了。

『啊，果然是兩個不同的世界啊！』

打從出生以來，安倍家就是昌浩全部的世界，雖然現在見識了更奢侈的生活，他卻沒有任何羨慕的感覺。父親雖然偶爾也會搭車出門，但那只是疲勞時想輕鬆一點罷了，並不是對生活有什麼不滿。

『對，對，羨慕也無濟於事。』

小怪有所領悟地說著，一邊揮動著尾巴。

『那就是寢殿，坐在褥子上的應該就是藤原道長吧，看起來真年輕啊！』

今天是個溫暖的日子，可能是為了通風吧，門窗全都敞開，簾子也都捲了起來。既然不是女人，也就不需要用簾幕遮掩了，一眼就看見一個正值壯年的男子靠著扶手，坐在褥子上。他精悍的臉上蓄著鬍子，冷峻的眼神充滿自信，一絲不苟的外衣閃耀著光澤，一看就知道是上等絲綢料子。

看見隨著侍女前來的吉昌和昌浩，藤原大人的眼神逐漸變得柔和。

『等了你們好久啊。』

『讓您久等，真是抱歉。』

吉昌作揖道歉，昌浩也趕緊低下頭來。原來以為宮裡最有權勢的人是個可怕的人物，結果與想像中完全不同，看起來相當和善。

昌浩坐在侍女準備的蒲團上，決定要裝得乖巧一些，萬一自己無心的閃失激怒了藤原大人，恐怕將來全家的日子就不好過了。元服出仕雖然只是一種儀式，對人際關係來說卻十分重要。出仕後，這種感覺應該會更明顯吧。

嗯，我會好好表現的。

昌浩心中反覆地想著，坐在他面前的小怪則露出一本正經的模樣說：

『對呀，許多貴族都是因為說話不小心而遭到排擠，甚至被降職流放到偏遠

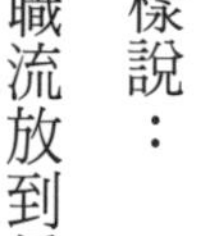

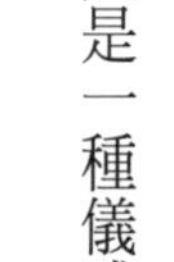

地方。聽好了，昌浩，第一步是最重要的，為了成為一個人人喜歡又努力學習的陰陽師，得趕緊披好羊皮啊。』

『……』

『喂，你別不理我啊，我好不容易趁著這個機會告訴你應該留意的地方，你至少也說句話啊！』

『……』

『喂，昌浩，說「是啊」，說啊。』

『……』

『晴明的孫子！』

『不要叫我孫子！』

剛才為了一個『忍』字而保持沉默的昌浩，又直覺的發怒了，接著才驚覺自己的失態。他害怕地望向前方，只見因為自己剛才的舉動而驚訝得說不出話的大人正看著自己。昌浩連忙慌張地低下頭來。

『嗯，不好意思，突然，那個，嗯……』

吉昌制止了因為害怕而變得結結巴巴的昌浩，說：

『藤原大人，其實這裡還有一個您看不見的怪物，它經常跟在這孩子身邊多管閒事。』

『什麼？』

道長的眼中閃耀著光芒。

『真的嗎？它長得什麼模樣？你說得倒輕鬆，難道它不會傷害我嗎？』

『不會的，您不需要擔心。』

『是嗎？果然是晴明的孫子、你的孩子啊！雖然還沒有正式開始陰陽師的修行，卻已經能看見凡人看不見的怪物了。』

——才不是呢，在懂事前就已經被迫進行陰陽師的修行了啊。

昌浩不能說出心裡的話，依舊沉默著。藤原道長摸摸昌浩的頭，開心地笑了。

『拜託你囉，昌浩，好好學習，將來為我效命喔！』

『是的，我會努力的。』

昌浩一邊點頭，一邊驕傲地回應。小怪看著這一切，也得意地挺起胸膛，彷

佛在說：『你瞧，都是因為我的緣故，你才被稱讚的啊。』

昌浩無法開口頂回去，只能趁著藤原大人不注意的時候，偷偷無奈地歎息。

由於藤原大人與吉昌似乎還有非常重要的事情要說，所以還是菜鳥的昌浩無法陪同在場，應該是有關朝政的事情吧。

『昌浩，會不會無聊？我叫人帶你去坐船吧。』

雖然藤原大人這麼說，但昌浩還是婉謝了，不過他獲得允許，可以在東三条府的庭院裡逛逛。

果然非常廣闊啊，能圍住這麼大的房子的庭院一定更大了。

『光是這個庭院，就大過我家了啊……』

昌浩邊走邊喃喃自語著，走在身旁的小怪也深表同感。

『也許吧，藤原家族果然是目前最有權勢的啊。不過他們這麼飛黃騰達也才是最近的事。藤原家族的祖先鎌足是個非常正直的人。』

昌浩睜大了眼睛——鎌足，那可是數百年前的古人啊。果然是小怪，總是有意無意地吹噓自己多麼長生不老，雖然有時是說大話，但隨口一說都是那麼久以前的事情，真是了不起啊。

他們沿著環繞宅邸的圍牆走著，昌浩像是想起什麼似地問小怪：

『小怪，你為什麼要跟著我呢？為什麼？』

這個小怪可不是普通的怪物，其實它負有更重要的任務，所以父親吉昌對小怪說話時，才會特別的有禮貌。雖然自己叫它小怪，但其實它有個非常美麗的名字。那個名字很特別，也只有得到它允許的人才能那樣稱呼它。昌浩也擁有稱呼那個名字的權利。

『一開始是為了幫助看不見妖怪的我吧？如果是這樣，我現在已經看得見了，應該不用擔心了吧？』

『嗯，然後呢？』

小怪努力用後腳站起來，盡量伸長了身體讓昌浩能清楚地看見自己，然後搖搖晃晃地走了起來，走得歪歪倒倒的。

昌浩伸手抱起了小怪。它的身子與普通動物完全不同，若和同樣大小的狗相

比，小怪實在太輕了。他把小怪放在肩上，慢慢地往前走著。

『我就快要舉行元服禮了，總算是個大人了吧？』

『那只是表面罷了。』

『雖然如此，但我會努力修行的，所以……你可以回到爺爺身邊去了。』

原來如此，小怪明白了——原來那孩子想說這些啊。

是因為晴明的要求，小怪才跟著昌浩的。為了保護看不見妖怪的昌浩，即使情況再怎麼危險，它也要守護著昌浩。不過，如今昌浩失去的陰陽眼能力已經恢復了，雖然還是有些讓人不放心，但他獨自驅妖應該已經綽綽有餘了。昌浩果然還是顧慮著這些事。

沿著池畔走去，有座橋通往池裡的小島。過橋時，昌浩依舊說著：

『嗯，不過如果小怪希望跟我在一起的話，那就沒關係了。』

聽了昌浩的話，小怪故意說：

『什麼嘛……咦？難道是因為昌浩失去我的話會覺得寂寞嗎？』

『才不是呢！』

昌浩抗議。小怪則搔弄著昌浩的頭，然後機靈地從他肩上跳下來。

『如果你真會寂寞的話，那我也只好留在你身邊了！』

小怪像隻動物般奔跑著，不時還得意地搖著尾巴。

『不必了！』

『不要害羞，不要害羞嘛！哎呀，真可愛，昌浩果然又跟以前一模一樣了。』

為了不讓氣急敗壞的昌浩抓到，小怪穿過渡殿，蹦蹦跳跳地逃走了。昌浩追著小怪，竟不知不覺地來到了宅邸的最裡面，這附近應該就是東北對屋吧。

『你在哪裡啊？』

昌浩不想大聲嚷嚷，於是開始四處尋找小怪的蹤跡。一發現對屋的竹簾下出現了一個嬌小的身影，昌浩趕緊跑了過去。

『終於找到你了，小怪，我們回去吧。』

昌浩一伸手就輕易地抓起了小怪，但它動也不動，任由昌浩擺佈，那個模樣的確有些奇怪。

昌浩皺起了眉頭。

『小怪，怎麼了？』

『好像有什麼東西在這裡……』

小怪的聲音僵硬，原本圓滾滾的可愛眼睛也露出了兇光，額上的紅色印記彷彿在燃燒一般。

『這裡嗎？可是我什麼都沒有感覺到啊。』

小怪搖搖頭。

『不是這裡，不是這裡啦……但是，這裡有餘孽之類的東西，雖然也是妖怪，卻是我所不知道的。』

『什麼？』

昌浩回過頭望著寢殿。

這裡是藤原大人府，他還擁有其他幾處宅邸，但就屬這裡最大了。東三条府的年代悠久，據說藤原道長已是第五、六代了，的確相當不簡單啊。古老的宅邸，也有可能出現跟家族關係淵源很深的鬼怪，難道小怪所不知道的妖怪，就是這種的嗎？還是……

『正威脅著道長先生嗎？是詛咒之類的東西嗎？』

昌浩輕聲自言自語著，小怪卻否定了他的推論。

『不，不是詛咒之類的。該怎麼說呢？昌浩，這些應該是你要自己弄清楚的啊。』

『嗯，但我只是個菜鳥嘛！』

昌浩故意裝傻，只是搔著頭傻笑。小怪拍拍額頭，露出無可奈何的表情。

『之前說你是菜鳥時，你還會一直抱怨呢，真是個投機取巧的傢伙！』

就在這個時候——

『你們在做什麼？』

突然冒出的聲音讓昌浩與小怪不禁全身僵硬。那是少女的高亢聲音，他們提心吊膽地四處張望，終於看見簾子下方透出了桃紅色的衣角。昌浩挺起了僵直的脖子，大膽地再往上一看，一個少女正以不可思議的表情望著他們，那是個天真可愛的女孩，大概與昌浩同年或者再小一點吧。

『你在做什麼？還有那個東西是什麼？』

她歪著頭問，聲音清脆。昌浩驚訝地提高了音量。

『什麼？妳看得見那個東西嗎？』

『別叫我東西！』

小怪看著少女，立刻插嘴反駁。

她想必是聽見說話的聲音，才從東北對屋走了出來吧。如果是這樣，她應該就是藤原大人的女兒了，的確，藤原大人有個與昌浩同年的女兒。

小怪爬上昌浩的肩膀，盯著那個女孩看。

『是左大臣的千金嗎？妳看得見我，也就是說，看得見其他的妖魔鬼怪嗎？真是辛苦啊，身為貴族的千金卻如此。』

她愉快地笑了起來。

『晴明先生會保護我的，所以沒有關係。我父親是這麼說的啊！』

原來如此，是爺爺啊。昌浩雖然能夠理解，卻不以為然。竟然如此信任那隻老狐狸，世人根本都糊塗了嘛。

『你就是今天與吉昌先生一起過來的那個男生嗎？』

『嗯，是的，我是昌浩。』

『是昌浩啊，你也想成為陰陽師嗎？』

還不清楚叫什麼名字的女孩高興地詢問著。

昌浩略微猶豫後點點頭，女孩的眼睛閃耀著光芒。

『晴明先生的孫子，將來肯定也是個了不起的陰陽師！』

可惡！

昌浩忍氣吞聲地瞇起眼睛。

『即使不是爺爺的孫子，還是有許多了不起的陰陽師啊！』

真是的，走到哪裡都會聽見『安倍晴明』的名字，難道這輩子都要以『晴明的孫子』自居了嗎？不，總有一天，一定要讓人們知道那是『昌浩的爺爺』！

女孩睜大了眼睛，然後哈哈大笑。昌浩驚訝地望著她。女孩笑了一會兒，拭去眼角滲出的眼淚，微笑地說：

『是啊，沒有錯，真是對不起。』

面對女孩如此率真的道歉，昌浩急忙搖搖頭。

『不，沒什麼啦。我該走了。』

的確，再不回到寢殿，恐怕會失禮的。

從寢殿可以看見整個庭院，如果侍女見不到他的蹤影，一定會到處找人吧，若是讓人發現竟然走進了這裡，恐怕有理也說不清了。無論如何，在自己完成元服禮或那個女孩完成笄簪子禮⑥之前，被發現了都是不太好的事情。更何況對方還是左大臣的千金呢。

『那麼，打擾了。』

昌浩道過歉後，便順著來路走了回去，忍不住邊走邊回頭看。那個女孩目送著昌浩，似乎就在昌浩回過頭的瞬間笑了笑。

『貴族的千金小姐都是那個樣子的嗎？』

對著突然出現的陌生人若無其事的微笑，即使看見了小怪也不動聲色，甚至還能自然地問話，果然氣勢不凡。

『一般人都會害怕得發抖吧！終究是因為相信大陰陽師會守護著她，才會那麼有安全感吧。』

童男童女本來就很容易成為妖怪的食物，他們既沒有自衛的能力，又求助無

援，所以京城裡有許多失蹤的『神隱』小孩。

也許是因為晴明在對屋施法，佈下了牢不可破的陣法。為了看得見妖怪的千金小姐，晴明特別施以超強的法術，走進陣法裡絕對看不見妖怪，當然妖怪也不得其門而入。而那個女孩看得見小怪，想必它並不是會害人的妖怪，再加上它是晴明的親信的關係吧。

『其實看得見妖怪也沒什麼大不了的，不過畢竟是個女孩子嘛。話又說回來，晴明果然厲害啊！』

晴明的風評那麼好，小怪當然非常高興。可是昌浩的心情卻完全相反，刻意擺出臭臉。

『算了，只要努力的話，總有一天會成功的，而且……』

『而且？』

小怪露出了不懷好意的笑容。

『真是可愛啊！你好像有點迷上那位千金小姐了吧？』

昌浩悶不吭聲地一把將小怪從肩上揮了下去。

昌浩返回寢殿後，等候的吉昌隨即起身。

『那麼，我們就此告辭了。』

『嗯，拜託了啊，吉昌。』

『是！』

向藤原大人行禮後，吉昌回頭循著原路離去，而昌浩也學著低頭答禮，左大臣不禁笑了。

『歡迎隨時再來啊，我還有個八歲的孩子，將來你會為他效命吧？』

『是的。』

昌浩一邊點著頭，一邊想著：『這麼說來，是那女孩的弟弟囉？是個怎樣的人呢？像這樣的貴族子弟，許多想法都和一般人不同吧？或許還有些任性呢。』

再度點頭致意後，昌浩便轉身離去。

吉昌在中門等候著兒子到來。

『父親大人，讓您久等了。』

昌浩趕忙穿上鞋子，對著目送他們的侍女與僕役們致意後，才離開東三条府，這時已是黃昏時分了。

由西洞院大路往北走時，吉昌告訴昌浩，已經決定元服禮的加冠者了。

所謂的加冠者扮演著昌浩未來仕途的重要角色，甚至可以說加冠者的地位愈崇高，昌浩出人頭地的機會也愈高。

『是誰呢？』

『是左大臣的親戚，也就是兼任右大弁⑦與藏人頭⑧的藤原行成大人。』

藤原行成二十八歲，在同輩的貴族裡算是最有成就的。據說他以前曾受到詛咒，但是獲得晴明的幫助而解了咒，為了報答晴明，聽說晴明的小孫子即將舉行元服禮，便主動向藤原道長提出，如果晴明尚未決定加冠者的話，他願意擔任。

藤原道長當然希望將可能成為陰陽師的人都納入自己旗下，所以行成提出這個要求，對藤原大人來說正是求之不得的事吧。

既然當前最有權勢的人主動提出了要求，安倍家當然無法拒絕了。客觀地說，這麼一來也等於保證了昌浩的未來。

儘管未來有了保證，昌浩卻陷入了靜靜的沉思中。

『即使如此，若我將來是個虛有其表而沒有實力的陰陽師，那又有什麼用呢？過度的期待，反而是可怕的重擔。』

昌浩唉地歎息著，只能幻想著即將到來的元服日。

④內覽：就是可以預先閱讀上奏給天皇的奏摺的官員。比天皇還要早看到公文啊，一定是宮裡的紅人吧！

⑤日本古代貴族的房子有三種主要結構：『寢殿』是房子中最主要的建築，『對屋』是供眷屬居住的部分，『渡殿』則是連接寢殿與對屋的走廊。家裡這麼大，一不小心就會迷路吧！

⑥笄，音ㄐㄧ。笄簪子禮就是日本古代的女子成年禮，當時的女孩十五歲就算成年了。笄簪子禮的意思是把頭髮盤起來，用『笄』簪好。完成這項禮儀之後，就表示她是可以結婚的成年人了。

⑦弁，音ㄅㄧㄢˋ。右大弁是管理兵部、刑部、大藏、宮內這四個部門的官職——聽起來很忙碌啊！

⑧藏人頭：專門負責管理皇室文書與文具的官職。

3

安倍家么子的元服儀式，終於如期在五月下旬的良辰吉日舉行了。決定日期的就是當代最偉大的陰陽師，也就是昌浩的祖父安倍晴明。過去他也自己占卜了昌浩的著袴儀式⑨的時辰，並選定了當日的服裝。

晴明是如此疼愛這個孫子啊，如果可以的話，也希望他能繼承衣缽，成為與自己並駕齊驅的陰陽師——後宮盛傳著這樣的流言，這是元服禮過後，擔任加冠任務的藤原行成告訴昌浩的。

行成的年紀比昌浩的哥哥成親大一點，不過由於年齡差不多，所以對昌浩來說，他就像個親切的哥哥一樣。也許是兼任右大弁與藏人頭的職務的關係，行成不僅聰明，而且反應非常敏捷，也難怪會受到當今天皇的器重。

但是……

『什麼嘛，這種流言怎麼可以亂說呢？』

昌浩不高興的嘟囔著。

昌浩的打扮與過去的童裝不同，如今的他繫著束帶又戴冠，手裡還拿著頗礙手的笏⑩，但卻不成體統地懶散癱坐著。一旁則是始終不變的小怪。

『我還以為你換了衣服，個性也會跟著改變呢，原來還是沒什麼差別嘛！』

『哪可能會改變啊！』

昌浩對小怪事不關己的風涼話不滿的大吼著，然後悶悶地脫下了帽冠。

順利完成儀式後，昌浩便初次入宮，並依照儀禮獲得俸祿與官位。現在安倍家的親戚們正在舉行慶祝宴會。儘管已經舉行了元服禮，但十三歲的昌浩畢竟還不能飲酒，於是只得早早離席。

宮裡的一大堆規矩禮儀和害怕犯錯的緊張感，讓昌浩從一早開始就吃不下任何食物。再加上是『那個晴明的小孫子』的元服禮，所以閒來無事的皇親貴族們都興致勃勃地趕來觀看。幸好賜予的不是什麼了不起的官位，若是因此需要覲見天皇的話，恐怕昌浩早已昏過去了吧。

『我又不是珍禽異獸！』

但接連不斷前來『參觀』的人實在愈來愈多。

『哎呀，沒辦法嘛，那些皇親貴族的生活基本上都缺乏刺激，所以變成他們的調劑品也是沒辦法的事啊。』

昌浩的身分本來就備受矚目啊！

小怪安慰著昌浩，他側著身，聳起肩膀。

『哼，太好了。等我變成偉大的陰陽師，那些傢伙來求我幫他們時，我才不會去救他們呢！』

『嗯，要朝著目標努力喔！』

小怪拍拍昌浩的肩膀，接著拿來了摺疊整齊的上衣。與過去不同的是，從現在開始必須戴著烏紗帽，這點的確相當累人。昌浩解開束帶，換上上衣，笨手笨腳地戴上烏紗帽，因為待會兒還得去送客呢。

『怎麼樣？』

由於沒有鏡子，只得問問小怪。

『好像有點歪了，再往前一點，否則可能會滑下來吧。』

『像這樣嗎？』
才說著，烏紗帽就彎曲變形。這帽子本來就是用柔軟的材質做成的，一不小心就可能摺到。
『哇啊，真是笨手笨腳耶！』
笑鬧間，小怪拍拍那已扭曲變形的烏紗帽，昌浩輕輕揮開了小怪的手，然後開始研究該如何穿戴。這時，他突然發現似乎有人接近。小怪察覺到異樣而驚訝地抬起頭，藤原行成剛好打開門探頭進來。他雖然喝了酒，臉色略微泛紅，但仍不失原有的精悍。
或許是基於喜歡照顧人的天性吧，無論是元服禮、之後的入宮或宮裡的規矩等，行成都不厭其煩地仔細教導昌浩。就連一直跟著昌浩的小怪也欽佩地說：
『真是個好人啊。』
既然小怪都這麼說了，想必真是如此吧。
『行成先生，您怎麼了？』
行成眨了眨眼睛，歪著頭。

『沒什麼。我為了醒酒才離開宴席，走到這裡，聽見你不知在跟誰說話的聲音，所以……』

他訝異地環顧著房內，只看到換裝以後的昌浩而已。

『難道是我的錯覺嗎？但我剛才沒有喝得那麼醉啊？』

行成只是個普通人，當然看不見昌浩身邊的小怪。小怪知道他看不到自己，就用後腳站在昌浩的肩膀上，前腳揮舞著，故意裝出撒嬌的可愛模樣。

『我啦，我啦，就是我在跟昌浩說話啊。什麼？看不見？真是可惜啊，本來還有很多內心話想跟你說呢。』

有什麼內心話要說啊？在看不見小怪的行成面前，若是自言自語恐怕會令人起疑心吧。讓特地前來為自己加冠的行成察覺到異樣，實在是非常失禮，所以昌浩只好若無其事地將小怪從肩膀上趕了下來。

『怎麼了？』

由於昌浩突然揮手，行成又再度詢問。昌浩故作鎮定地說：

『沒什麼，有飛蟲。』

『啊，昌浩，好痛喔！』

昌浩無視於猛然掉到地上的小怪發出的抗議，笑著說：

『那個說話的聲音，應該是我在練習咒語與箴言吧。』

『啊，原來如此，果然是晴明的孫子啊，即使像今天這樣忙碌的日子都不忘修行。』

面對著佩服得點頭讚許的行成，昌浩只能報以微笑，但仍然感覺到臉頰頻頻抽搐著。

鎮定下來啊，不可以對行成先生發脾氣。

昌浩悄悄地嘆口氣，連忙站了起來。

『行成先生，您不需要再回到宴席上嗎？』

『我可不是今天的主角啊！』

『可是我還不能喝酒，得獲得我父親的允許才行。』

『說得也是。』

爽朗大笑的行成，伸出手來幫忙調整昌浩的烏紗帽。

『真不好意思。』

『沒什麼，你還不習慣，總會這樣的。』

真是個好人啊，昌浩再次想著。

而另一方面，小怪則在昌浩的腳邊團團轉，一下子抬頭看看行成，一下子用後腳站起來，揮動著前腳。行成沒有陰陽眼，自然看不見小怪的舉動；而看得見的昌浩雖然在意，卻也無可奈何。

突然，小怪快步地跑了起來，竟然飛躍到行成的肩膀上。這個舉動果然令昌浩嚇破膽了。

『小……』

他忍不住要叫了出來，慌亂間趕緊捂住了自己的嘴。

小怪伸手在行成的眼前揮舞著，像要滑落似的，所以用後腳緊緊地抓住行成，行成的衣服也因此起了縐褶。他做夢也沒想到自己的肩膀上竟站著一個怪物，依舊吃吃地笑著。

『明天開始就要入宮了，不是嗎？如果有不懂的地方，歡迎隨時來問我。』

『是，是的……但是行成先生總是那麼忙，難得會停留在某個地方啊……』

昌浩不知道小怪下一步會出什麼花招，只能提心吊膽地在旁守護著。雖然小怪還不至於加害對方，但若是讓對方有了不好的印象，對未來的仕途總是不太好吧。昌浩不由得擔心著。

小怪露出不在乎的模樣，把行成的烏紗帽當成障礙物，開始在他的肩膀上跳來跳去的。其實小怪的身體輕盈，再加上或許施了什麼法術，所以行成似乎感覺不到它的重量。

由於昌浩的眼神左右游移著，行成覺得有些疑惑。

『怎麼了？有什麼不對嗎？』

小怪從行成的右肩一躍，一個迴旋後停落在左肩上，果然是了不起。行成看著昌浩的額頭漸漸冒出了冷汗，訝異地睜大了眼睛。

『原來你已經這麼累了，還得勉強跟我聊天，對不起，我沒留意到。』

『不，不是這樣的……』

情況竟然變成這樣，昌浩趕緊猛搖頭，但是行成繼續說著：

『趕快休息吧，不用送客也沒有關係的，我會轉告你父親的。』

真是好人啊，怎麼會有這麼善良的人？但是，小怪竟然在這麼好的人的肩膀上像雜耍般作弄著他。趁著行成回過頭未察覺時，昌浩伸出手抓住小怪的尾巴，用力把它拉了下來。當門關上後，他瞪著被倒提著的小怪。

『小怪！』

『剛才很不得了吧？尤其是那個迴旋，任誰也辦不到！』

不是談這個的時候吧?!

『連烏紗帽你都敢動，萬一讓行成先生發現了你，那該怎麼辦?!』

小怪不高興地說：

『我以為他會察覺到什麼，結果卻一點反應也沒有。』

昌浩把小怪甩在地上，然後全身無力地癱坐下來。

『咦？昌浩，你身體不舒服嗎？行成也說了啊，你還是趕快躺下來吧。』

『唉……』

昌浩再也說不出任何話了，全身無力地趴在地上。

陰陽寮在內殿南側，位於中務省與西院之間。雖然距離天皇所住的後宮較近，但其中似乎沒有人的地位高到足以上朝。安倍晴明的位階是正五品，屬於陰陽寮的最高職位，但也不是每天入宮。他是藏人所的陰陽師，在離宮較遠的地方工作，因此，在陰陽寮裡是看不到晴明的，不過他的名聲早已深植官員們的心中，所以每天至少會聽到一次『晴明』的大名。

儘管昌浩一個月前就進入陰陽寮了，但仍然是個什麼都幫不上忙的『見習生』，每天淨是忙一些雜務。

『怎麼好像每天都跑來跑去的啊？』

昌浩捧著數冊文卷快步往竹簾走去，身後還跟著腳步輕盈的小怪，儘管跟多位貴族擦身而過，不管是有沒有陰陽眼，都沒人在意小怪。

從小妖怪到大怪物，都在這裡到處游移走動，而且數量相當多。剛剛才看見小鬼站在貴族們的肩膀或頭頂上，不一會兒又看到妖怪枕著正在寫字的官員胳臂上睡覺。那邊的柱子還躲著青面無眼的武官，而那張老舊的書桌根本就是怪物的化身……起初，來到內殿工作的昌浩目睹這意想不到的光景時，還有些愕然呢！

『這……這……這……』

小怪拍拍已經說不出話的昌浩，感觸極深地說：

『所以說內殿是個不得了的地方啊，就算我到處亂走，也沒有人會留意到。』

『嗯……也許吧……』

儘管頭痛難耐，昌浩仍告訴自己必須盡快習慣眼前的一切。

雖然每日忙於雜務，昌浩仍有必須要做的事情。因為好不容易進入陰陽寮，得空出時間來閱讀，也借來了過去的天文紀錄等各種書籍。雖然自幼便開始學習陰陽道所需的知識，但還有很多事情要學呢。其中最令他感興趣的，就是詛咒歷代天皇的那些怨靈。既然要成為陰陽師，就得注意到歷代陰陽師們是如何驅退那些怨靈的。

『果然，又是爺爺的名字出現最多次。』

昌浩一邊看著紀錄，一邊忍不住皺起眉頭。在陰陽寮這數十年的紀錄中，有關驅魔伏妖的事項裡，以晴明的名字出現最多次。

『哎呀，這是一定的嘛，他活那麼久了啊。』小怪用力揮動著尾巴，笑著說，『別心急，晴明的孫子，你才剛要起步而已啊。』

『不要叫我孫子！』

昌浩氣憤地回嘴，忽然抬起頭來。

『咦？』

有種感覺輕輕的沙沙作響，像某種東西鑽進了身體的深處，但又不像是惡鬼或怨靈之類的，因為那些非人的異形只會令人陷入全身凍僵般的顫慄中。如果不是那類東西，卻又非得勉強解釋清楚的話，恐怕只能說是一種告知危險的警訊吧。

昌浩與小怪正在陰陽寮的書庫裡。所謂的書庫，其實就像個密不通風的籠子，為了避免日曬造成紙張褪色，窗戶刻意落在北方，東側是做為出入口、兩邊對開的門，而所有的牆壁則是收納書籍或文卷的書架。

窗口傳來人們的呼叫聲，而且連續了好幾次，不用說，肯定是發生大事了！

『好像發生什麼事了！』

昌浩站了起來，小怪立刻跳上他的肩膀。他打開門走到了竹簾外，屏息觀望著——陰陽寮的北側正冒著煙。天皇居住的後宮不就在那裡嗎?!

『是火災嗎？』

耳邊小怪的喃喃自語，令昌浩忍不住狂吼起來：

『一看就是啊！』

但是小怪接著說的話，卻讓昌浩像被潑了一盆冷水似的。

『不過，好像不是普通的火災啊！』

『什麼？』

小怪從昌浩的肩膀上跳下，抬起頭，皺眉望著天空。

『那個火勢應該是從清涼殿⑪延燒到後宮的。但是天還這麼亮，怎麼會點著燈籠呢？』

昌浩這才明白了小怪的意思。雖說已接近黃昏，但由於是盛夏期間，白晝特別長。才剛過申時，是下午六點鐘左右，實在沒有點燈的必要。而且這裡與經常需要用火的御膳房不同，不可能會冒出煙來。

小怪回過頭來。

『昌浩，注意看著，在人們混亂的氣息當中，還混雜著其他的東西。』

昌浩屏息注意著。

後宮本來就是妖魔鬼怪雜處的地方，但它們害怕遭到陰陽師的報復，所以幾乎不敢搗蛋。因為只要不『搞鬼』，陰陽師就不會驅趕它們。否則只是一味的驅趕，往後衍生的事情也會沒完沒了。因此，既然它們沒有任何危害，還不如放任著不管。

許多文官和武官都朝著內殿而來，官員或僕役們一邊呼救，一邊來回奔跑著，偶爾還能聽見像是絲綢被撕裂那樣的哀號聲，不過紛亂的怒號或嘶吼聲掩蓋住了那些聲音。

這是一起混亂的意外事件。為了不妨礙來來往往的貴族們，昌浩回到書庫，關起了門。陰陽寮距離後宮很遠，沒有延燒的疑慮。

昌浩面向窗戶，調整呼吸，合掌閉目。

『呵波阿拉達諾．達拉呀耶薩拉巴拉……』

幾百、幾千個人……宮裡的皇親貴族數量多得難以估計。只有天皇能夠進入的內宮裡，也有上千名宮女。昌浩感覺得到這一片混亂中人們的思緒。火災是突然發生的，是的，火苗是從沒有用火的內宮宮女房間竄燒而出。可以聽見痛苦的哀嚎聲，哭喊著『請救救我吧』、『好熱啊』，那些都是已經喪命的人的『聲音』。然後，有個完全不同的——

『咦？』

昌浩張開了眼睛。他感覺到還殘留著妖怪的氣息，那與內殿的一般妖物或鬼怪的氣息不同，是以前從未感受過的怪異妖氣。

『小怪，那是什麼呢？』

昌浩詢問遠比自己敏銳的小怪，但它卻搖搖頭。

『不知道，我也是第一次感覺到。』

不，不對——就在那一瞬間，小怪想起來了。不是第一次，之前也曾經碰過，但是極為朦朧，那淡淡的妖氣，若稍不留意恐怕就無法察覺得到。

沒錯，就是在昌浩行元服禮之前，前往左大臣府的半路上感覺到的。而且同樣的感覺，也曾在東三条府的東北對屋裡發生過。從此以後，本能就一直發出微弱的警訊。

昌浩突然倒抽了一口氣。

『東三条府——』

他茫然地呢喃著，接著立即飛奔離開了書庫。小怪遲疑了一下，也跟著跳了起來，飛上昌浩的肩膀。

『怎麼了，昌浩？』

『東三条的藤原大人的府裡……』

腦海裡浮現的影像，東三条府，東北對屋，藤原大人的女兒走出竹簾看著冒起的黑煙。就在那裡，那個的下面……

『有妖怪的蹤影！』

從內殿到東三条府的距離並不算遠。昌浩離開了內殿，朝二条大路東側飛奔而去。沿路都是觀火的民眾，還有聽見騷動聚集而來的貴族們，昌浩與大家逆向奔跑，不時還得撥開人群才能繼續前進。

『你說有妖怪的氣息，是真的嗎？』

小怪搭在昌浩的肩上詢問。昌浩大吼著：

『不知道啦！但看起來是那樣。』

仍無法確定，不過眼前突然出現的景象，還有貫穿全身又在瞬間消失的焦躁感，如果這些都是真的，那個女孩恐怕有危險了。

『你不是說竹簾下有妖氣嗎？應該與那些感覺有關吧！』

昌浩繼續全速奔跑著，終於看見了東三条府的大門。停在門前的牛車與僕役，之前曾經打過照面。

僕役發現狂奔而來的昌浩，趕緊向車內的主人稟報。就在昌浩跑過牛車的同時，正好看見了拉起車簾的藤原行成。

『昌浩，怎麼了？為什麼跑得這麼急？』

昌浩的胸口好像快爆掉了，他上氣不接下氣地說：

『道……道長大人……？』

『我正要出門，剛才有人來通報內殿發生火災，我正準備過去……』

就在那一剎那，昌浩感到心頭一陣悸動，立刻抬頭望向大門內側那棟房子的屋頂，清楚看見了普通人看不到的灰色污濁瘴氣。

他未經允許就直接奔入府內。這裡可是左大臣藤原道長的宅邸啊！做出這樣的事情，肯定會被除去冠位的，但是他已經沒有時間考慮了。他穿過中門、飛躍過庭園、越過溝渠，直接往東北對屋奔去。後面傳來了叫罵聲與制止的怒吼聲，甚至還夾雜著行成呼喊昌浩的聲音。他顧不得那些，穿過了渡殿，就在終於看見對屋的瞬間，卻聽見了一道像是劈裂乾燥木頭的尖銳聲音。昌浩臉色大變，面無血色。

『爺爺的法術……』

晴明為了守護對屋所施的法術，如今已被攻破了！那個乾裂的聲音就是法術遭到破壞的證明。

女孩聽到那聲音，不疑有他地掀開竹簾，窺探著外面的情況，突然看見了昌浩，不禁訝異得睜大了眼睛。

『昌浩？』

面對慌忙走出竹簾外的少女，昌浩大叫：

『笨蛋，不要出來啊！』

昌浩的耳邊傳來了一陣風聲，只見小怪的白色身影飛掠而過。它往竹簾下而去，那裡是陽光照射不到的黑暗角落，此刻卻閃爍著一對炯炯的光芒。

太陽已漸漸西沉，天空渲染成了橘色，已經是黃昏了，正是最容易發生災難的時刻。

昌浩全身顫慄，寒毛直豎。凍結的瘴氣裡，潛藏的妖氣消失了，取而代之的是瞬間破壞了晴明法術的妖怪。但那個身影實在太渺小了，隱身在黑色的瘴氣裡，令人無法看清全貌。

『喝——』

小怪的叫聲就像要撕裂空氣一樣，額頭上的印記猶如散發出熱氣般閃耀著。

妖怪逃過了小怪的爪子，從竹簾下一躍而出，撲向面對突如其來的狀況而不知所措的少女。

看見突然出現的妖怪時，少女倒抽了口氣，嚇得說不出話來。

小怪追在妖怪身後，也飛躍出竹簾，擺出了架式護住少女。妖怪散發出瘴氣，一對眼睛閃呀閃的露出詭異的光芒，直逼少女而來。

昌浩好不容易才從渡殿繞到對屋，這時又身陷飛躍而來的妖怪與少女之間。他右手打出了劍印，快速在空中畫下了五芒星，接著又朝竹簾畫下一道文字。

『禁！』

空氣中頓時發出了沉重的輕微聲響，某個看不見的隱形物體擋在了他的面前。原本直撲而來的妖怪被隱形的圍牆擋住，彈飛了出去。瞬間，黑色的瘴氣逐漸微弱，不過妖怪隨即又隱身在瘴氣裡，讓人依舊看不清它的原貌。在橘色的天空下，即使是普通物體也都很難看得清楚了。

『南無馬庫薩瑪達帕・參達馬卡洛夏・塔拉塔岡曼！』

昌浩從衣服裡取出符咒，隨著咒語一併丟出。符咒化作風的刀刃襲擊著妖怪，妖怪突然起身，發出了淒厲的嘶吼聲。黝黑沉重的瘴氣像是張開翅膀似地蔓延了開來。

『呀——』

少女發出了哀嚎聲，突然颳起的狂風穿過了昌浩設下的法障，那黑色瘴氣像條蛇似地蜿蜒朝著少女而去。昌浩立刻擁住少女，少女也害怕得緊靠著昌浩。就在這時候，小怪挺身擋在了妖怪與兩人之間。

『小怪！』

昌浩大叫。小怪齜牙咧嘴，發出了難以形容的怒吼聲，同時環繞脖子的突起物綻放出光芒，額上的印記閃耀著紅色火光，眼看那瘴氣的屏障就要被撕裂得四散紛飛了。一瞬間，妖怪顯露了驚恐的樣子，昌浩趕緊趁虛而入，眼中閃著利光，左手緊緊抱住少女，同時以右手打出劍印。

『臨兵鬥者，皆陣列在前！』

昌浩隨著咒語揮舞著劍印，強大的靈力化為光芒般的刀刃，劃裂包裹住妖怪的瘴氣。

『哇啊啊———』

彷彿是從地底深處傳來的惡魔叫聲，直刺入他們耳中。這時忽然颳起了一陣溫暖的疾風，屏風等家具紛紛被風吹倒，發出了巨大的聲響。

不久之後，風漸漸止住了，少女驚恐地睜開眼睛。
『剛才的那個……是什麼？』
『不知道，應該是妖怪。』
昌浩一邊回答，一邊仔細環顧四周。沒有留下絲毫瘴氣、妖氣或微塵，妖怪似乎已被驅走了。他『呼』的吐了口氣，這才聽見遠處傳來了急急忙忙的腳步聲，還混雜著叫嚷聲，那是行成與藤原道長大人，並伴隨著侍女們尖銳的叫聲。
他回過神來，發現自己的懷裡還緊緊抱著少女，看來簡直是不成體統啊！
『對……對不起！』
他慌張地把手移開，趕緊道歉，少女搖搖頭，她的手仍緊抓著昌浩的衣服，那隻手幾乎失去了血色，昌浩隨即露出要女孩放心的笑容。
『應該已經沒事了，待會兒再請爺爺過來，只要施以更強的法術，那個傢伙就無法再對小姐下手了。』
突然，少女雙手捧住昌浩的臉龐對著自己。
『哇啊！』

少女露出認真的神情說：

『叫我彰子！』

昌浩驚訝得說不出話來，彰子依舊仔細地反覆著。

『我叫彰子，不要再叫我小姐了，我叫彰子啊，昌浩！』

『彰……彰子？』

昌浩一邊看著彰子清澈的眼睛，一邊呢喃著。彰子點點頭，像綻放的花朵般笑開了。昌浩的心突然急速跳動了起來，就像是開始亂竄的鼓動聲，吵得他不知該如何是好。

在全身莫名僵硬得無法動彈的昌浩身後，小怪露出了欲言又止的神情。

『這樣也可以……不是嗎？』

就在此時，藤原道長與行成神情緊張地趕到。

『彰子！妳不要緊吧？』

淒厲的叫聲與狂風等異常現象，再加上還在見習的陰陽生安倍昌浩竟不顧一切地往東北對屋直奔而去，究竟發生了什麼事？不僅道長大人擔心得想知道，就

連行成也懷著同樣的心情，他們簇擁在全身僵硬的昌浩面前追問著。

『昌浩，究竟發生了什麼事？』

結果回答的卻是彰子。

『父親大人，行成大人，不要擔心了，昌浩已經將可怕的妖怪驅逐了。』

也許是終於安心了吧，彰子看著父親的臉，露出了恬靜的笑容。

『昌浩好厲害呢，將來一定可以成為偉大的陰陽師！』

『什麼？是真的嗎？』

面對藤原道長的追問，昌浩只能面紅耳赤的點點頭，舉止甚至還有些遲鈍。

道長與行成對望著——就是這麼回事吧，因為後宮的火災，讓這個少年察覺到有妖怪潛入了東三条府，然後獨自趕了過來，保護即將遭到襲擊的彰子，獨自驅退了妖怪。

『是這樣吧？』

行成確認著，昌浩回以『嗯』，並且毫無自信地點點頭。道長大人緊握住昌浩的手。

『真是了不起！昌浩，你真是太厲害了，果然是晴明的孫子！』

昌浩內心一陣翻攪，這個時候還得扯出『晴明的孫子』?!

如果是其他人說的話，難保昌浩不會翻臉，不過既然是道長大人就另當別論了，昌浩只能假裝一本正經地聽著。

小怪一邊看著眼前的一切，一邊留意著周遭。

瘴氣消失了，也沒有留下妖怪的氣息，不過，不知為何，扎入胸口深處的焦躁感卻還存在著。

後宮發生火災，還有妖怪的襲擊，難道這兩件事之間有關連嗎？

『……去問問晴明吧！』

方才抬頭望見的夕陽，如今已變得像鮮血般赤紅了。

後宮發生火災的消息，立刻傳到了晴明那裡。

自從身為藏人所的陰陽師以來，晴明幾乎很少入宮。原本就不喜歡宮內的繁瑣禮節，沒有前去的義務時更幾乎不入宮。只要相安無事，總是日日隨心所欲做著自己想做的事。

據說起火的原因仍不明，近衛府也還在調查中，不過根據目擊者的證詞，好像是從根本不可能有火源的地方竄出了火苗，瞬間蔓延燃燒，造成了許多死傷。幸好天皇平安無事，不過後宮的侍女及護衛卻成了犧牲者。

『嗯……』

晴明神情黯淡地思索著。即使現在入宮，宮裡依舊處於混亂中，不如等到情況明朗後再說吧。

『後宮的大火，看來頗不尋常……』

晴明一邊自言自語，一邊觀測著天象儀。昨晚的夜空並沒有出現這樣的徵兆啊，難道是星星的週期發生了改變，還是新星移動了？不過這些都有待確認。他走到庭院裡，抬頭仰望漸暗的天際。

距離後宮頗近的藤原道長的府中也出了事，自己原本施加的法術遭到了破壞，不過破壞法術的妖怪，卻不知為何被察覺到不對的昌浩給驅退了，最後一切平安無事。

看來留意到東三条府發生異狀的只有昌浩而已，其他人似乎並未察覺到趁著後宮火災現身的妖怪。

晴明露出得意的微笑，但隨即表情大變地望著天空。

『難道就要發生風暴了嗎？』

晴朗的東方天際，第一顆星斗開始閃爍著。

小怪的陰陽講座

⑨著袴儀式：平安時代，三到五歲的男孩都要舉行第一次穿著褲子的儀式，這也算是成長的一大步啊！

⑩笏，音ㄏㄨˋ。在古代，大臣覲見君王時都要拿著一塊手板，用玉、象牙或竹子等材料製成。

⑪清涼殿：是天皇日常起居的地方，戒備森嚴。

4

清涼殿與後宮幾乎都燒毀了，因此天皇只得移居到一条院，也就是所謂的『行宮』。

損毀的僅有皇居部分，內殿的官廳並沒有受到影響，朝廷政務照常進行。太政官指派了負責重建皇居的人員，為昌浩加冠的藤原行成則受命為負責官。

那次事件之後，藤原道長對昌浩備加感謝，昌浩還得拚命辭退他準備的謝禮。擅自闖入東三条府，照理說應該受到嚴厲的懲罰，結果反而得到如此的禮遇。後來因為道長與行成必須入殿，昌浩才得以脫身，否則勢必會設宴款待他吧。同時他也拒絕了藤原大人以車相送。當他從中門離開時，一位侍女走了過來，遞給他一把敞開的扇子，他仔細一看，扇子上放著一個小香包。

『這是彰子小姐送的，說是謝禮。』

收下的那個香包，正散發著溫柔甜美的氣息。

『結果聽說還是無法判斷火苗的來源。』

小怪像動物一樣的坐著，身旁的昌浩則正愁眉研讀著星圖。

『嗯……是啊。』

『被燒死的那些亡靈，聽說由天皇親自追悼，天皇真的很用心啊！』

『是啊。』

昌浩瞄了小怪一眼，視線又立刻移回星圖上。

其實對小怪來說，無論天皇或任何人，他們的存在價值與一般人並沒有什麼不同，只有它自己認定的人才是最重要的。

小怪將前腳放在書桌上，悄悄看著昌浩手邊的東西。

『昌浩，你從剛才開始究竟在煩惱什麼啊？』

『說是煩惱，倒不如說是在學習觀星圖。』

就陰陽師而言，觀星是非常重要的工作之一，因為他們必須以星星的動向來占卜，進而做出預言，所以必須全盤了解星星的位置。而爺爺晴明、父親吉昌或伯父吉平都能夠不用參照星圖來占星，這也是身為陰陽師的『基礎中的基礎』。

但是，昌浩卻不善於觀星，就連製作曆表其實也不怎麼喜歡。基本上，他的個性比較適合能活動身體的工作。

『不喜歡觀星或製作曆表，那你根本不適合成為陰陽師嘛！』

面對一臉愕然的小怪，昌浩挑著眉說：

『你想想看嘛，小怪，假設今晚烏雲密佈，根本看不見星星，但偏偏厚厚的雲層上有妖星流逝而過，出現了天地異變的前兆，那也是有可能的，不是嗎？明明難以察覺卻又出了事，被責備的卻是陰陽師，你不覺得很沒有道理嗎？』

『只因為這樣就不喜歡？你啊，根本就是強詞奪理！』

『因為……』

『沒有什麼因為，這是必須的工作，加把勁吧！』

縱使有小怪督促著，但原本不喜歡的東西也不是那麼容易就能克服的。

『啊——啊，我還是不喜歡觀星啊！』

看見昌浩束手無策，簡直要舉雙手投降的樣子，小怪厭煩地嘆了口氣。

『晴明的孫子怎麼能這樣呢？』

『不要叫我孫子！』

昌浩又回以那句一成不變的抱怨。

他收起了星圖，拿出六壬式盤，這也是陰陽師必備的道具之一，是解讀過去、現在及未來時所使用的占卜用具。

火災後已過了好幾日，昌浩也思考了種種可能。雖然自己不能表達任何意見，但事到如今，只要身為陰陽師，幾乎都會試著占卜原因。

『就以式占⑫來占卜火災的原因吧！』

昌浩俐落的舉起右手食指，斬釘截鐵地說。

小怪歪著頭，眼珠骨碌碌轉著。

『如果占卜出原因，又能怎麼樣呢？』

昌浩答不出話來，只好抱住頭。看到昌浩認真思索的神情，小怪故意繃著臉。

『火災的原因並沒有那麼簡單，反正還有其他的陰陽師會去調查，近衛和兵衛那些人也都到現場採證了，不是嗎？』

昌浩默默點頭。

『既然這樣，不妨占卜看看你當時所感應到的那股奇怪妖氣，這是目前最要緊的事吧。』

『啊，是啊！』昌浩鼓掌叫好。『小怪真是太聰明了！』

『我不過是從另一個角度想罷了。』

其實小怪自己也是對此很在意，它也捕捉到之前那股妖氣。畢竟那時感受到的妖氣，並不是在陰陽寮裡。雖然妖怪是趁著火災一片混亂時，掩人耳目混入，但是竟然沒有人察覺到異樣，實在說不過去，以咒術守護皇居畢竟是陰陽師的本分啊。所以當昌浩一人察覺到東三条府的異狀時，自然被藤原道長視為『大有可為』。這雖然值得慶賀，不過當時若未注意到，恐怕藤原彰子的命就不保了。想到這裡，不禁令人不寒而慄。

那件事之後，東三条府又由晴明施以新的法術加以守護，因此彰子也就平安無事了。

小怪坐著仰望天花板，身邊的昌浩已經準備好了式盤。

雖然說起來還是讓人有些氣憤，不過這些事情可都是爺爺教的。其實昌浩從小就是個乖巧聽話的孩子，總是跟在晴明身後叫著『爺爺，爺爺』，遇到事情時晴明總會不時教導他。仔細想想，昌浩決定成為陰陽師，來自晴明的耳濡目染多少有些影響。想到這裡——雖然是昌浩決定了自己的未來，但他還是逃不過晴明的手掌心啊。畢竟晴明還是樂於見到孫子成為陰陽師。如果不是這樣的話，恐怕現在自己還在遊手好閒吧。

昌浩胡思亂想著，突然像想起什麼似地歪著頭。為什麼爺爺要封住自己孫子的陰陽眼呢？

其實那時昌浩並不是失去了陰陽眼的能力，而是晴明將他的那種才能給封閉在身體深處。

在昌浩殘存的記憶裡，最久遠的記憶應該是三歲的著袴之日。家裡正因為小么兒的喜慶而熱鬧著，從黃昏就開始宴客。身為主角的昌浩從一大早就忙碌著，最後因太疲累了而待在晴明的房間裡休息。

當時他為何會留在晴明的房裡呢？小怪若無其事地回答說：『因為你以前最

喜歡的就是晴明啊，總是跟在晴明身後轉呀轉的。』如今實在難以想像，自己小時候竟然會這麼依賴晴明。

但也許正因為如此，三歲的昌浩才會待在晴明的房裡。晴明的房間就在安倍家的最東邊，竹簾外有個小池塘，光線明亮充足。

晴明會住在房子的最角落是有原因的。仔細想想，所謂的東邊，最接近艮位，好像與鬼門有什麼關連，這也是昌浩最近學到時才想起來的。

昌浩用手肘抵著書桌撐住臉頰，繼續回憶著。

他坐在晴明常用的褥墊上看著庭院，儘管安倍家也施了驅退壞東西的法術，但沒有危害意圖的鬼怪仍可以自由來去。

是的，那時自己是第一次看見被稱為『妖怪』的東西。說是第一次，也許並不完全正確，但記憶裡的確是那一天。

『嗯，那是什麼？那個啊，就是那個黑黑的。』

他拉著爺爺的衣角問。晴明驚訝的說：

『你看得見那個嗎？』

耳中深處，晴明當時驚訝的聲音彷彿又甦醒了過來。昌浩直到最近才明白，那個黑黑的東西其實是非常微弱的妖氣，就連吉昌也只能朦朧看見。然而只有三歲的昌浩卻能指出那麼微弱的妖氣，難怪晴明會覺得訝異。不過，晴明更擔憂孫子的未來。這個孩子才三歲，就擁有這麼強大的力量，恐怕只會引來可怕的東西，再加上妖怪也害怕擁有超強陰陽眼的人，在他長大成人以前，恐怕就會來奪走他的性命吧。

看來，太容易『看見』也不是件好事。爺爺是經過反覆思考後，才決定把他的陰陽眼能力深深封鎖住吧。

昌浩又換個角度思索著。其實不封住陰陽眼，只要有人時時跟在身旁，應該也沒什麼好擔心的啊，畢竟他小時候根本很少離開家裡。

『即使只能在家裡玩也調皮搗蛋到不行了。我也就是在那時候差點掉進池塘裡的吧。』

那時剛好沒有人在身邊，他一個人玩耍，突然想看看池裡有什麼，然後……

昌浩眨了眨眼睛。

『咦？』

『嗯？』

小怪抬起頭來。

『我為什麼會差點掉進去？』

『啊，你是說池塘嗎？』

昌浩對著小怪點點頭，然後又抱住頭想著。好奇怪啊……那個時候自己看著池塘，水面映照日光，波光粼粼，身邊並沒有任何人。

『忽然，我就往前倒了下去。』

突然，水面迎面而來，應該不是水面迎面而來，而是自己接近水面吧，往前伸的手已經碰觸到水面了。安倍家的池塘雖小，但深度也超過兩尺，當時的昌浩還不夠高，更不會游泳。若是掉進去，必死無疑。但是千鈞一髮之際，不知是誰抓住了昌浩，伸出兩手緊緊抱住，就這樣把昌浩送到了竹簾下。

他實在不清楚究竟發生了什麼事。

『不要接近池塘，會掉下去啊。』

從上面傳來了聲音，昌浩『嗯』的回應，等他鑽過竹簾後回過頭去，才發現沒有任何人。

『哎呀，難道是我忘記了什麼嗎？』

腦海裡一片空白。

不是很奇怪嗎？是那雙手救了我，再把我抱到竹簾下，那又為什麼當我回過頭去時，卻沒有人在那裡呢？簡直是不可思議啊！

『你啊，一定是被偷偷潛入的可怕妖怪推了一把。』

『什麼？』

昌浩看著小怪，它不再像動物一樣坐著了，換成後腳往前伸跨在書桌上。長長的尾巴來回搖擺著，細長的耳朵也抽動著。

『即使看不見那些傢伙也是很恐怖的事啊！而且，妖怪還會趁著孩子們年紀還小時，讓他們消失不見。』

昌浩並沒有看小怪，不過它的語氣彷彿在緬懷過去。就好像又置身在那個場景裡。

昌浩回過神來。那個時候，那雙拯救自己的手臂，那耳邊傳來的溫柔聲音，那是……

『小怪，難道是……』

小怪回頭望著昌浩，張嘴笑了起來。

『這些事情，晴明已經告訴過我了。』

昌浩不禁感到四肢無力。

『啊，是嗎？』

『嗯。哎呀，真是太好了，你能活到現在真是奇蹟！如果一不小心就得去過奈何橋了。從以前到現在，你總是那麼有驚無險的，真是拿你沒辦法啊，晴明的孫子！』

『不要叫我孫子！』

昌浩氣憤地回嘴，又再次看著式盤。

什麼嘛，最後還是爺爺救了自己，不過爺爺那時也有相當年紀了，竟然能一把抱起一個小孩，啊，肯定又是差遣了什麼式神⑬吧。不管怎麼說，總之就是爺爺救了自己啊。我啊，再不爭口氣，恐怕永遠無法擺脫『晴明的孫子』，振作啊，昌浩！加油啊！

占卜僅能針對一件事情，而且一天只能一次，不得重複卜算。因為所謂的『占卜』是從最初顯現的結果決定的。即使不能接受或不如預期，也僅限一次。

『這是規定啊。』

『雖然是規定……』

『那就得遵守規定啊！』

『嗯，但是……』

『如果不論幾次都看不到結果，就算不斷占卜也是一樣的，死心吧！』

小怪冷冷地答道，昌浩卻露出不以為然的表情。

『可是我實在不懂它的意思啊！』

式盤顯出的占卜結果其實是複雜怪異的，似乎有著險惡的預兆，而且占卜了幾次，結果都不變。

昌浩手撫著式盤，皺起了眉頭。

『好像存在著某些不好的東西，應該是在京城的某處吧，應該是那樣。』

『既然散發出妖氣，想必是妖怪或魔物之類的。』

不過小怪想想，那似乎又不是單純的妖怪。姑且不論妖怪是強是弱，但那卻是自己過去從來不曾經歷過的奇怪東西。

昌浩左思右想後，彷彿決定什麼似的緊閉雙唇。

『再試一次看看！』

小怪做出徹底被打敗的模樣。

『不──是──說──過──了，不可以反覆占卜嗎?!』

然後轉過身來，瞇起了眼睛。

『不妨去問問晴明吧？問問那個擅於占卜預言的大陰陽師！』

昌浩原本鬆懈的眼睛頓時睜亮，接著又露出冷漠的表情，不屑地說：

『我才不要呢！』

『我想也是。』

小怪半放棄地歎息著，昌浩不理它，準備再次挑戰占卜。

小怪無奈地聳聳肩，抬起頭來，感覺到似乎有隻看不見的手逆撫著它。它走出了竹簾，環顧四周，什麼都沒有。雖然如此，但風……風，不自然地吹著。

不知為何，有些緊繃感，小怪身體深處的本能發出了警訊。這個感覺，它在一個月以前就感受到了。是在元服禮之前，那時昌浩說……

他說，已經沒有關係了，回到爺爺的身邊也沒有關係喔。

昌浩有自己的想法，所以才會說出那樣的話，但那是不行的。自己的直覺恐怕是正確的，現在還不能離開昌浩的身邊。

雖然昌浩自己還未察覺到，但他的身體裡蘊藏著足以與晴明匹敵的強大靈力。如何使這項才能開花結果，固然與昌浩自己的努力息息相關，但也不能讓他就此被埋沒了。晴明也知道這些，所以才會讓小怪待在還在修業的孫子身邊。

雖說如此，但小怪也是憑自己的意願才會待在昌浩的身邊。這麼做的理由沒有任何人知道，就連晴明也不知道。

小怪回過頭來，眨著眼睛。

昌浩正專心地繼續研究著式盤，當然什麼也沒有察覺到——小怪正以充滿無限溫柔的眼神看著他，那是溫和又慈祥的眼神，就像在微笑一般。

小怪悄悄地在昌浩耳旁呢喃著，是細微得要隨風飄逝的聲音。

『嗯……』

你呀，你在不知不覺中……

曾經給了我一線曙光啊。

小怪的陰陽講座

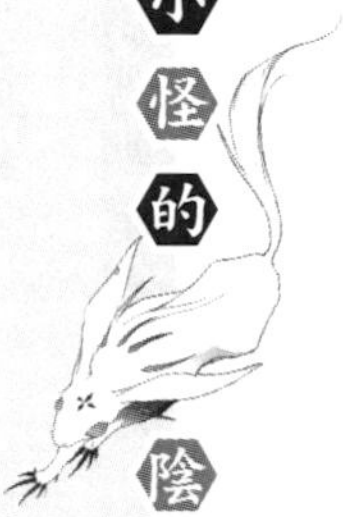

⑫式占：這個意思太簡單了，就是用六壬式盤來占卜啊！你猜對了嗎？

⑬式神：就是陰陽師所操縱驅使的異界魂靈，可以化為花草樹木、人類、動物等各種形體，不但有分等級，有些甚至還擁有自我意識，可是所有的式神都絕對服從主人。晴明最厲害，可以操縱十二神將，真不愧是大陰陽師！

5

平安京裡躲藏著無數的妖魔鬼怪。令人驚訝的是，它們是如此寧靜地存在著。雖然偶爾會因襲擊人類或動物而遭到陰陽師或僧人的驅退，但這樣的事情實在少之又少。

隨著幽暗的到來，它們與人類並存著。當陽光灑下之際，整座城又重新屬於人們。不過，一旦最幽暗的簾幕落下，這片土地就變成了妖怪昂首闊步的魔域。

那些妖怪們在沒有特別狀況時，總是靜悄悄地呼吸著。但是……

『好可怕！』

喀噠喀噠，冰凍的聲音隨風而逝。

『好可怕！』

『好可怕！』

那不是聲音，是膽怯畏縮的妖怪的竊竊私語。

很漫長、很漫長的時間以來，妖怪們只要能靜心與人類共存，就能平安無事，只要等待著白晝結束、黑暗來臨，到了深夜又可以安穩的活著。可是現在卻失去了那樣的和平。

潮濕的風突然吹起。

『好嚇人！』

妖怪們隱去了自己的氣息，也抹去了蹤跡，身子都害怕得僵硬了。

深沉的黑暗中，存在著更加深沉陰鬱的身影。

前些時候，人類最崇敬的建築物被燒掉了。被困在幽暗中的同伴們拚命逃了出來，可是在那裡受到了致命一擊，也暴露了自己不堪的虛弱。

燃起的火燄像幽暗冰冷的刀刃刺向妖怪們的心。

——再怎麼躲也沒用了。無論如何隱身躲藏，還有比幽暗更黑暗、更恐怖的黑影，而且自己一定會被找到，然後遭到虐殺。

為了得到這片居所，那黑影要一舉消滅自古以來生存在這土地上的妖怪。

6

『最討厭占卜了……』

坐在式盤前的昌浩突然趴在書桌上。占卜了好幾回妖氣的真面目，就是無法獲得明確的答案。自己果然還是不擅長占卜或作曆這類的文書工作啊。那麼該怎麼辦呢？

昌浩板著臉抬起頭。

火災之後，已經過了十天左右。昌浩每天還是準時入宮，依舊在雜務奔波中度過，然後黃昏時離開。每天就那樣平穩的度過。至少，整件事的真相似乎還未傳到最下層僕役的耳中。

那麼，朝廷的情形又如何？

昌浩想起藤原道長精悍的臉龐，難免有些嘀咕。有人認為是政敵放的火，事實上也有可能，樹敵那麼多也是很可怕的事啊，不然的話……他搖了搖頭。想些別的吧。一定有什麼來到了平安京，而且是不好的東西，甚至正慢慢地變大、變強，就要吞下整個皇室中樞了。

內殿本來就藏著妖魔鬼怪，雖然還不能確定，但那場火災肯定是妖怪作祟。

『是妖怪，應該是的。』

只是引起火災的應該不只是那股謎樣的妖氣，肯定是這樣。而且……

『是不速之客，不請自來的……是這樣嗎？可以這麼說嗎？』

昌浩試著說出自己的判斷。過去不存在的東西，如今卻在這裡，那就是不受歡迎的東西了。它來自哪裡？又為什麼來？弄不清楚的事情實在太多了，僅憑手邊的資料還是無法找到答案啊。

另外還有一件事情要弄清楚。侵入東三条府那個妖怪的瘴氣是昌浩從來不曾感覺過的，而且直到現在，他都還無法確定自己究竟是不是降服了那個妖怪。

昌浩雙手抱在胸前思索著，然後對躺著看式盤的小怪提議：

『喂，小怪！我想出去一下。』

『要去哪裡？』

『這個嘛……』

小怪皺起眉。

『哎呀，又要搞什麼鬼了？』

昌浩站了起來，取下烏紗帽，解開髮髻，將略長過肩的頭髮綁在腦後。接著開始準備念珠與符咒等物品，小怪則疑惑的看著他。

『你準備去做什麼啊？』

昌浩回過頭來。

『準備去問一個比我了解事情真相的傢伙！』

『晴明嗎？』

『怎麼可能?!』

昌浩立刻否定，同時瞇起了眼睛。

『小怪，如果我現在去找爺爺，說：「爺爺，無論我怎麼占卜都看不出結果，難道是方法錯了?你可以從頭再教教我嗎?」這樣說的話，你猜會有什麼後果?』

昌浩先做出雙手合掌拜託的樣子，接著立刻伸出食指逼問著小怪。小怪被他的氣勢嚇得不禁往後退了一步。

『會怎麼樣？』

小怪催促著昌浩繼續說下去，只見他兩手一攤，望著遠方。

『那隻老狐狸啊，一定會這樣說：「好吧。不過，昌浩，這樣實在太丟臉了。難道有一陣子看不見妖怪，你就把一切都給忘光了嗎？好吧，我就從頭再全部教起吧。唉，實在是太丟臉了呀！……」哼！真是氣人！』

雖然只是想像，昌浩卻真的氣憤不已。小怪露出了苦笑。雖然那只不過是昌浩的想像罷了，但也沒有錯，而且晴明應該會這麼說吧：『以前還曾經說出那麼有雄心壯志的話，結果卻怎麼都沒有進步啊？爺爺真是難過，好痛心啊！』

晴明不但假裝如泣如訴地說著，而且還會做出以衣袖拭淚的模樣吧，小怪能輕易想像出那個畫面，昌浩也接著說：

『然後他會說：「想當年我跟師父學習的時候，可是像移花接木般把師父的法術全學了起來。對你，我也是那樣盡心盡力地教，即使如此，當初拚命教給你的東西都白白浪費了嗎？昌浩啊，爺爺真是難過啊！好痛心啊……」一定會說個

沒完沒了，然後又假裝擦去那流也流不出來的眼淚，我簡直已經清清楚楚看到那個模樣了！』

對於昌浩幾乎百分之百準確的預測，小怪簡直想拍手叫好，卻又不禁暗自心想：

『晴明啊，你雖然疼愛孫子，但太嘮叨還是會被討厭的。』

小怪只好搖頭歎息著說：

『是，是，知道了，知道了。』

若是放任著不理，恐怕昌浩又要說晴明的壞話說個沒完沒了，小怪只好趕緊打斷。

『那要去哪裡啊？』

昌浩點點頭說：

『去看百鬼夜行！』

另一方面，在安倍家，晴明正在自己的房間裡盯著六壬式盤。他兩手交抱在胸前，神情凝重，目不轉睛地默默注視著占卜的結果。

前幾天後宮發生了火災，晴明針對那場迅速燃燒的怪異無名火占卜火苗出處，對於意想不到的結果大感震驚。起火的原因是鬼火，雖說是占卜的預測，但因為是在不可能起火的地方突然發生大火，若不是人為因素，就應該是妖怪作祟。但是，這又代表著什麼呢？

妖怪所放的火，一舉燒毀了後宮。這把火是為了向同伴示警。

火災之後，晴明來到後宮察看時，不用說，放火的妖怪並沒有留下任何蹤跡。火有淨化的作用，一切皆被火所吞沒，沒有留下一絲線索。然而，他卻感覺到還存在著少許妖氣。雖然轉瞬間就突然消失了，不過以晴明敏銳的直覺來說，那已經足夠了。

經過數日謹慎地觀察星象、集中精神、齋戒沐浴之後，晴明才開始占卜。

『從遙遠的西方，來自異鄉的威脅，將給人們帶來災厄……』

就在京城裡，出現了前所未見的妖怪。晴明的表情更加凝重了。

要向天皇稟告嗎？但就算稟告也只會招來更大的混亂罷了。最後朝中仰賴解決的人還是晴明，畢竟其他人都使不上力啊。那麼，該做些什麼呢？

晴明自嘲般淡淡的笑著。

『我果然是老了啊！』

若是年輕個四、五十歲，就不會如此猶豫不決了。別人看來或許難以察覺，但畢竟只有自己才知道，才能已經隨著年齡增長而漸漸衰弱了。

晴明陷入沉思，此時簾幔似乎搖動了起來，他轉過頭去。

其實簾幔不是因為風的吹拂飄動，而是來自他所施用的法術。

月光下視野遼闊，垂落的簾幔、緊閉的板窗，從間隙中可以看見小小的影子正無聲無息地往牆壁攀去。

『有何差遣？』

——藏身幽暗，隱身風中，等候指派命令。

晴明用手托著下顎。

他所占卜出的，還有另一個預言——趁着黑夜悄悄來襲的強大威脅。但是，另一方則開始萌動著，是劃破黑暗的一道極為渺小的曙光。

『不要緊吧？昌浩有那個跟著，若遇到了什麼麻煩應該會來知會我吧?!』

昌浩就是曙光。說他是初生之犢也不為過，他有著代替年老的自己對抗異邦威脅的力量，也是劃破黑暗的一個方法。所以，為了彌補未成熟的昌浩的不足，晴明派出了小怪。

應該不用擔心，但暫時還是先觀察看看吧！

考慮再三後，晴明拿起放在書桌上的一張符咒，口中唸起咒語，然後放開了符咒。符咒化成了小小的蝴蝶，朝著夜的幽黑處飛去。

百鬼夜行，顧名思義是指無數的妖魔鬼怪成群結隊趁夜現形。

說起平安京這個都城，自建都以來就飽受惡鬼與怨靈的騷擾。遷都至此的恒武天皇，為了保護自己與百姓而對京城施以各種法術。

『但是若施以太強的咒術，恐怕從外面誤闖進來的妖怪也很難離開了啊！』

昌浩一邊慢步走著，一邊仰望著夜空。

為什麼當初沒有把它們全部驅趕出去呢？當時應該已經設立了陰陽寮，也有陰陽師才對啊。也許是沒有能聽出異象的陰陽師吧，於是就這樣放任不管了。

對於昌浩的疑問，自稱『非常長壽且無所不知』的小怪說：

『因為不管怎麼驅魔除妖，它們還是會過來的。平安京是妖怪喜歡的地方，當然很容易就成了它們聚集的場所。』

小怪一邊搖搖晃晃地往前走，一邊繼續說：

『而且，最糟的是恒武天皇的兒子，也就是嵯峨天皇，他很不喜歡陰陽道。究竟是什麼原因不清楚，但當時的陰陽寮的確非常不受重視。』

『喔？』

昌浩對小怪的話感到十分驚訝，畢竟以京城的現況來說，就連昌浩這個十三歲的菜鳥陰陽師都能深切地感受到事情的嚴重性。

『那不就玩完了嗎？難道只是因為嵯峨天皇把陰陽寮冷凍了起來，妖魔鬼怪或怨靈現在才能在京城裡胡作非為？』

若真是這樣的話，那真是讓人恨死了以前的那個天皇。雖然是兩百年前的事了，不過當時的天皇難道沒有想過後世的平安京會變成如今的景象嗎？

小怪轉過頭來安慰忿忿不平的昌浩。

『他應該是有什麼考量吧？唉，天皇是天照大神的後裔，而陰陽道卻來自遙遠的西方，是從大唐傳來的異教，所以才不被接受吧，一定是因為這樣！』

『可是平安京就是仿照大唐長安城所建的啊，而且也是四神相應的地方⑭不是嗎？以道教的觀點來說，京城不正是最適合施咒的地方嗎？這不是很矛盾?!』

昌浩歪著頭露出懷疑的眼神。小怪一邊表示同意，一邊喘著氣說：

『總得要有人來做這事啊，因為那些囂張的妖魔鬼怪也不知道突然會從哪裡冒出來，所以才需要陰陽師啊，要是完全沒有那些妖怪，恐怕你就得等著失業囉！』

『這樣當然也不行，最好是剛剛好就好了。咦？……』

昌浩說出實際的需求，頻頻點著頭，突然停下了腳步。原本在他身邊直立走著的小怪一臉困惑的抬頭望著他。

『昌浩？』

昌浩用手摸了摸頸後。不知道是什麼，脖子就像被針刺到了一樣微微刺痛著。他覺得很納悶，便回過頭去。

由於月光很明亮，所以昌浩未帶火把，眼睛一旦適應黑暗後，就能恢復驚人的洞察力。更何況小怪即使在黑夜也有和白天一樣的好眼力，所以就算自己有沒注意到的地方，應該也不必擔心。

昌浩回頭張望，在月光照射下，眼睛眨呀眨地直直盯著道路的另一頭。京城的道路大體來說是寬闊的，即使再狹窄的羊腸小徑也能容下兩輛牛車交錯而過。由於每條道路都是筆直的，只要沒有任何障礙物，就可以望見極遠的地方。

小怪也學他轉身望著，著地的前腳往前跨了一步。

已過了六月中旬，風裡殘留著白天濕熱的暑氣，奇妙的是這樣濕黏的空氣撫頰而過時，卻也不會留下什麼不舒服的感覺。

凝視著遠方的昌浩突然用手指著。

『咦？那是什麼？』

他所指的遠方似乎有著什麼東西。小怪張著大而圓的眼睛直盯著看，額上的紅色印記看似要燃燒起來的樣子。

『牛？』

突然間，那隻牛開始動了起來，一步步地靠近，月光下只見牠的身體是白色的。牠像是從某所貴族府邸逃出來的，儘管如此，卻總有些說不出來的怪異。在這樣的深夜，那隻牛緩緩地、緩緩地漫步走著，雖然遠遠地看不清楚，但應該是朝著昌浩他們而來吧。

『怎麼？那牛……』

昌浩突然感到心臟像是重重挨了一拳似的猛烈跳動起來。他的呼吸變快，心臟撲通撲通的急速跳動，瞬間臉色發白，自己也不清楚為什麼全身顫抖了起來。

『牛』直直朝著昌浩過來了。

『昌浩，快跑！』

小怪察覺到情況不對，全身的毛髮都豎了起來。

『牠』的外觀像牛一樣，可是，為什麼頭上長着四隻角呢？

昌浩像要阻止小怪再說下去似的，往後退了一步。

剎那間，那隻牛的身體膨脹變大了——不對，是牠身上的毛髮，白色的長毛豎立起來，就像簑衣般撐開了。先前一點都沒有感覺到的妖氣，如今從這個像牛的傢伙身上湧了出來。

『這是……』

昌浩感到一陣莫名的驚恐。這股妖氣是在內殿時微微感覺到的那種不尋常的氣息。

『那到底是什麼東西？從來沒看過啊！』

就連小怪也臉色大變。

那是從來沒見過的妖怪，無法了解那究竟是什麼，只感覺到源源不絕的驚人妖氣，還有那令人背脊發涼的眼神。剛才像針刺般的疼痛感，應該就是那妖怪銳利的目光造成的吧。

『昌浩，快逃！』

就在小怪轉過身的同時，那隻像牛的妖怪以極快的速度開始往前衝來。

『哇，好快啊！』

昌浩被眼前的景象震懾得無法動彈，小怪趕緊往他的腳踢了過去，也只有疼痛才能讓他回過神來了。

『快跑啊，昌浩！』

『嗯，喔……咦？』

昌浩才正準備要跑時，突然，月光被遮蔽了。他抬頭仰望天際，渾身僵硬。

妖怪飛躍起來，高高的、高高的，就像天馬似的，接著落在昌浩的眼前，轉過身來向他步步逼近。在這樣的距離下，即使轉身逃命也敵不過妖怪的腳力。

昌浩慢慢地後退，一邊調整自己的呼吸。

逃不了的。可以做的，也只有正面迎戰了，不是嗎？對手既然也是妖怪，那跟先前對戰過的妖怪應該沒什麼不同吧。

『拜託，不要有什麼差別啊！』

昌浩心中喃喃唸著，從懷裡取出了符咒，就在這時候，小怪額上的印記開始釋放出淡淡的光芒。

妖怪以蹄踏著地面。

昌浩拿起符咒擺好架式，放聲高喊：

『必神火帝，萬魔拱服！』

接著對著猛衝過來的牛妖放出符咒。符咒四處飛散，同時一股驚人的靈力瞬間蔓延開來，直逼妖怪而去。

妖怪發出『嗚——』的鳴叫，就像來自黑暗地底的低沉咆哮聲。

風呼呼地吹着，妖怪釋放出的妖氣反擊了昌浩所施展的法術。

『嗚哇！』

昌浩突然雙腳一軟倒了下來，趕緊用手撐起上半身，這時不禁倒抽了一口涼氣。逼近到眼前的妖怪，正舉起前腳就要往自己身上踩下來了。

『啊——』

發不出聲的悲鳴在昌浩的喉嚨深處低迴著，他本能地閉上眼睛，用手擋住臉。

瞬間，刺眼的紅光穿過了昌浩緊閉的雙眼，一陣灼熱的風拍打在臉上，他睜開眼來，不禁瞪大了雙眼。

一個修長的身影就在昌浩的前面，是個體態威風的青年，正用盡全身的力量，以自己的身體阻擋直逼而來的妖怪，然後抓住妖怪的角把它丟了出去。妖怪轟然一聲倒下，但是立刻又站了起來，陰鬱的眼裡燃燒著熊熊怒火。它不斷以蹄踏著地面，同時發出驚人的咆哮聲，刺痛了昌浩的耳朵。

但那青年並沒有把這一切放在眼裡，看也不看便舉起手來，纏在手腕上的薄布輕盈飛舞，發出火紅的火燄。

『去吧！』

一道蛇般的火焰伴隨著他的怒號而射出，將妖怪全身緊緊纏繞住。企圖掙脫那火蛇的妖怪，每以蹄踏地時就發出了巨大的聲響。

『哇啊啊！』

火之咒縛纏在妖怪身上，熊熊的火燄舞動著，不管如何掙扎都無法使其散去，於是妖怪再也無法動彈。

昌浩一時之間無法呼吸，不斷乾嘔著。

『紅蓮……』

他以嘶啞的聲音叫喚著，那個高大的青年轉過身，蹲了下來。

『沒事吧？』低沉而穩重的聲音。

昌浩默默地點了點頭。

青年額頭上戴的金色頭箍映照著火光耀眼閃爍著。他身長超過六尺，精悍的相貌給人連貴族也比不上的深刻印象。上揚的細長雙眼，如火焰般燃燒的金色眼珠，嘴角露出尖銳的牙齒，在火光照射下散亂不齊、長及肩部的深色頭髮，尖削的下顎線條牽引出如鬼般的尖耳，加上強壯的身體，還有如佛像般整齊的衣著。

『小怪，你變身得太慢了吧！』

青年挑了挑細眉。

『不要叫我小怪！我以這個姿態出現時，就是紅蓮！』

『叫你小怪就可以了，我的壽命已經少了十年了啊！』

昌浩覺得自己也有些無理取鬧，但若不這樣開玩笑振作精神，恐怕再也站不起來了。

紅蓮瞪著上氣不接下氣、肩膀不停抽動的昌浩，莫可奈何地聳聳肩說：

『是喔！那你還有九十年的壽命啊！』

草草的回應後，紅蓮輕輕抱起了昌浩，讓他能夠自己站起來。昌浩全身還在

顫抖，也許是中了妖氣，在火燄的照射下臉色青白。

就在此時，又傳來驚人的怒號。他們回頭一看，嚇得倒抽了口氣。妖怪依然活著，正痛苦地在地上打滾，沒命似地咆哮，不斷試圖從像蛇一般纏繞在身上的火燄裡逃脫出來。

『紅蓮的火應該是地獄的業火吧？』

對於昌浩的詢問，紅蓮不語的默認。

所謂『業火』就是能燒光一切，讓所有的有形、無形全部化為灰燼，在黑暗的幽冥裡熊熊燃燒的火燄。但是，被業火燒著的妖怪卻依舊扭曲著身體，同時直視著昌浩。

紅蓮像是要阻隔它的視線般擋在昌浩前面，雙眸裡的火燄燃燒著。

『你究竟是……？』

紅蓮在數百年前修煉成為現在的人形，然而在這之前卻度過了更漫長的時光。它在那漫漫的歲月裡遭遇過各種妖怪，然而這個牛妖卻不一樣。

面對紅蓮的詰問，妖怪不痛不癢的笑了笑。

沒錯，它是笑了，它聽得懂紅蓮的語言——雖然被蛇樣的火燄給包圍住。

『把那孩子交出來！』

那聲音彷彿來自地獄，冷冷地迴盪著。不是從耳朵聽到的，而是直接傳達到腦海裡。

昌浩不自覺地抓住紅蓮的手，全身依然抖個不停。紅蓮握住昌浩失去血氣的冰冷雙手，斜眼瞪著妖怪說：

『回答啊！』

纏繞在妖怪身上的火蛇更加劇烈地燃燒起來。

然而妖怪並不打算回答的樣子，反而齜牙咧嘴地笑了起來。

『交出來！那孩子密藏著上乘的靈力，是獨一無二的獵物……進貢！』

『你說進貢？』

紅蓮全身燃起了鬥志，不但長髮飄揚，身上的薄布也隨之飛舞，就連撫過昌浩臉旁的風都是灼熱的。

『你不是妖怪！』牛妖嘲笑著，『竟淪落到讓人驅使的地步，可悲的神！』

妖怪的聲音刺痛了昌浩的耳朵，他不禁抬起頭仰望著紅蓮。

紅蓮的嘴角突然浮出冷冷的笑意，露出尖牙，散放出更強烈的氣息。

昌浩目不轉睛的看著，他從未看過如此激昂的紅蓮。雖然相處的時間不長，而且他也只看過『紅蓮』兩次而已，但是昌浩卻擁有直呼『紅蓮』名字的權利。

正如牛妖所說的，紅蓮並不是妖怪。他的外表雖然與鬼沒有兩樣，但他所散放出的是清涼的神氣，他是神族。

紅蓮的眼中閃耀著光芒。

『沒錯，我是自願降格讓人所支配，但是你沒有資格嘲笑我。對騰蛇胡言亂語……你會後悔的！』

火燄將妖怪全身團團包圍住，發出了青白的光芒。即使是那妖怪也無法從痛苦中倖免，它的肉體發出嗞嗞的燃燒聲響，並散發出難聞的臭味。

雖然昌浩和它相距有一段距離，但還是因為那股熱氣而流了一身汗，他拉著紅蓮的手叫著：

『紅蓮，好熱！如果那邊的房子也燒了起來，該怎麼辦啊？』

紅蓮的反應冷淡。

『我會那麼蠢嗎？又不像你！』

然而，就在此時——

『啊——』

妖怪一陣悲鳴，激烈地扭動著身體，不僅發出妖氣且前腳不斷踏地，而原本纏繞在身上的白熱火燄竟開始四處飛散。

『什麼?!』

就連紅蓮也大驚失色。

妖怪身上雖已有好幾處被燒得露出血紅的肉，卻依舊沒有倒下。它猛烈地搖動著身體，燒焦的表皮滑溜溜地剝開來。簑衣般的毛已燒盡，剝落的表皮也一塊塊掉落下來，全身各處露出的肉滲出像血水般的液體，滴落在地面燒焦的皮上。

即使情況如此悽慘，妖怪卻依然齜牙咧嘴的笑著，就彷彿是在嘲笑受傷的自己般，令人毛骨悚然。

『沒辦法……只好進貢這個身體了。』

突然，一團黑霧將妖怪包裹住，捲起了一陣風，妖怪的身影就此消失了。

燒灼的空氣裡，還殘留著一絲妖氣。

妖怪完全消失後，昌浩為了慎重起見，一邊抓著紅蓮的手，一邊以腳尖撥弄著妖怪脫落的皮，燒焦的皮發出了清脆的聲響。確認沒有任何動靜後，昌浩伸出手來，就在這時，紅蓮制止了他。

『別動它，別碰這些不知來由的東西，做事不經思考，以後會後悔的。』

說著，紅蓮對那些東西放了把火，在火燄的燃燒下，終於全都化成了灰燼。

昌浩留意著附近的狀況。微溫的風吹走了原有的熱氣，僅有靜寂包圍著他們。附近已經沒有任何險惡的妖氣了。一放下了心，昌浩的精神也鬆懈了下來。他筋疲力竭地癱坐在地上，呼吸又深又沉。看著這樣的昌浩，紅蓮雙手叉在胸前，厭惡地斜眼瞪視著他。

『沒用的傢伙！你這個樣子會被笑死的，晴明的孫子！』

昌浩猛然抬起頭來。

『不要叫我孫子！』

昌浩大吼一聲，當真生氣了，紅蓮微笑地看著他。

突然出現救了昌浩的紅蓮是安倍晴明的式神。他的真面目是十二神將之一的火將騰蛇。平常封住了神氣，以不具威脅性的外貌出現，但是一旦遇到緊急狀況時就會現出原形。

所謂十二神將，原本是記載在六壬式盤上的諸神。分別是天一、朱雀、六合、勾陣、青龍、天后、太陰、玄武、太裳、白虎、天空以及騰蛇。大陰陽師安倍晴明擁有驚人的咒力，能夠如同親族般地驅使十二神將為他所用。

十二神將各有各的特性，火將騰蛇的特性是司掌『驚恐』的負向存在。而纏繞在他身上的就是地獄的業火，能將一切燒盡，是煉獄的神將。因此，就算他是神，也是令人畏懼的神將。

當十二神將願意臣服效命時，晴明對騰蛇說：

『你身上纏繞的火是地獄的業火嗎？那到底是誰說的？那根本就像是浮出水面盛開的紅色蓮花不是嗎？』

就這麼決定了，你的名字就叫紅蓮吧。美麗地盛開在冰清玉潔的水面上，撫平了人們的心靈，就像蓮花一般……

第一次被賦予這個具有意義的名字時，對紅蓮來說如獲無形至寶。只有賜他這個名字的晴明和眼前的這個少年才能直呼這個名字。

紅蓮蹲了下來，與昌浩對望著。

『站起來吧！今晚的事情解決了，還是回家去比較好。』

昌浩點點頭，但依舊渾身顫抖、指尖冰冷，尚未恢復過來。

『好冷……』

是血氣下降的緣故，還是無法承受剛才的衝擊呢？心臟負荷不了的人，搞不好還會因為剛才的精神衝擊而喪命，所以實在不能輕忽。

昌浩原本並不是這麼不堪一擊，但卻怎麼也無法振作起精神，如此的虛弱也許都是因為那個妖怪的強大妖氣作祟吧。

紅蓮也不禁感到訝異。雖然昌浩就在身旁，但卻感覺心臟像被冰冷的手攫住般。人的身體遠比想像中還要脆弱啊。

既然不能阻止昌浩外出，他當然有可能遭遇危險。

紅蓮並沒有人類所擁有的感覺，不會感受到恐懼。不過，伴隨著妖怪攻擊而來的那股猛烈銳利的妖氣，還是讓他有皮膚就要被撕裂的感覺。

他將昌浩輕輕放在肩上，縱身一躍，跳上了不知是誰家的屋頂。接著就在屋頂上坐下，把昌浩放在自己的膝上，從後面以雙手環抱住昌浩。昌浩眨了眨眼。

雖然這樣暖和了些，但是……

『我們不是要回去了嗎？』

身體還是不斷發抖的昌浩回過頭來，紅蓮帶著有些沮喪的表情說：

『我是想那麼做啊，但是就這樣回去的話，晴明恐怕不會放過我吧！』

昌浩睜大了眼睛。

『爺爺嗎？為什麼？』

『沒什麼，就這樣，聽過就算了。』

紅蓮嘆了口氣，輕輕拍了一下昌浩的頭。晴明啊，他肯定就像以往一樣，從頭到尾都在看著。他偷偷環視四周，果然在不遠處，一隻白色蝴蝶映入了眼簾。

萬萬想不到會遭遇這樣的事，竟然會碰到那傢伙迎面突擊。原本以為不可能

發生這樣的情況，是自己太粗心大意了。儘管如此——

眼前的是昌浩的腦袋瓜。

『唉……』

紅蓮感嘆著，以前的昌浩就像可以埋進膝蓋般的幼小，不知何時竟然已經長得這麼大了。那時，抓住自己手指的那隻手是那麼弱小。

『做什麼啦？』

昌浩不滿地瞪著紅蓮，他才回過神來。剛才無意間好像抓住了昌浩的腦袋瓜咕嚕咕嚕地轉著。

『沒什麼，你的頭形很漂亮啊！』

『什麼？什麼意思啊？』

『別放在心上。』

紅蓮不禁苦笑著，對生氣的昌浩若無其事的回答。多麼令人驚訝的成長，不過他終究還是個菜鳥啊，怎麼能眼睜睜看著他受威脅卻不管呢？

另一方面，昌浩回想起小時候，自己也常將頭靠在父親的膝上。雖然心不在

焉地想起了許多事情，但還是忘不掉那妖怪的事，它說了『進貢』，應該是要將昌浩獻給誰，還說是獨一無二的獵物。所謂的進貢，應該是指獻給最上位者吧。

這是他過去從未看過、也未聽過的怪異妖怪。那麼，它到底要把人類獻給哪個不知名的妖怪呢？……

小怪的陰陽講座

⑭所謂『四神相應』的地方是指：左（東）有流水（即青龍），右（西）有大道（即白虎），前（南）有窪地（即朱雀），後（北）有丘陵（即玄武）。

7

昌浩以及變身回小怪的紅蓮，直到天快亮時才回到家。

經過深思熟慮後，昌浩決定再用式盤占卜一次。占卜的結果是必須等到下次『尋常的』百鬼夜行才能找到。他總算放下了心中的石頭。不管百鬼夜行是否尋常，至少比昨晚的妖怪好對付吧。

『但是該如何對付呢？』

被小怪這麼一問，昌浩雙手扠腰自然地回答：

『那當然是用符咒與念珠「好好地」問候它們囉。』

『……那應該是要脅吧？』

『是問候！』

小怪欲言又止地盯著昌浩，然後一邊嘆氣，一邊淡淡地說：

『我偶爾忍不住會想，你果然是晴明的孫子啊！你們在某些方面真的很像。』

突然被小怪這麼一說，昌浩不滿地發出了像是青蛙般的低鳴。

『我可沒有那麼壞心眼！』

小怪不以為意地說：

『恐怕只有你一個人那麼認為吧。』

『噗……』

這回輪到昌浩露出了奇怪的表情。看到他的表情，小怪再也忍不住地笑了出來。昌浩低頭看著捧腹笑倒在地的小怪，翻了個白眼。

『你好像很樂的樣子喔，小怪！』

小怪砰砰的搥打著地板，笑得上氣不接下氣的在地上打轉。

『我就是喜歡你這些地方啊！』

『是哦，謝謝你喔！』

『好吧！』

小怪拍拍正在嘔氣的昌浩肩膀，但喉嚨深處似乎還發出了笑聲。

『小怪，你笑得太離譜了吧！』

昌浩的眼神冷冷的。

小怪裝咳了一下，端正了姿勢。

『對了，昨晚的事告訴晴明了嗎？』

『就算不告訴他，他也已經知道了吧。爺爺可是會用千里眼觀看一切的。』

昌浩苦著一張臉。根據過去的經驗，無論他是偷偷摸摸出門也好，大大方方出去也罷，晴明總是能知道他的動向，現在才去報告，根本是多此一舉。反正，打不過那個來歷不明的妖怪，最後還得依賴紅蓮解救。『你果然還是成不了氣候啊！』鐵定會被爺爺這麼取笑的。

不愧是晴明的孫子，非常了解晴明的個性——小怪心裡想著，表面上卻靜靜地不做任何回應。

昌浩準備好六壬式盤。

那個妖物到底是從哪裡來的？他說要把我的身體拿去進貢，又是要獻給誰？

雖然整晚沒睡，但一個剛元服出仕的新人是無法得到休假的，這是身處任何朝代都應該具備的自知之明。但是，若變得受人尊敬，或許就可以輕鬆以齋戒或避諱等理由減少入宮。齋戒期間持續半個月左右也是稀鬆平常的事，所以若稍有倦怠或今天根本不想出門的貴族們，便經常以『齋戒』為理由隱居在家。

『只是這樣就躲起來啊？』

『這樣的話就不會有功成名就的困擾，當個上流貴族真好啊！』

『不對，正好相反，是因為沒有出人頭地的機會，對世事感到渺茫才會隱居的，不是嗎？』

『原來如此。』

原來如此啊。被排除在功名之外，或許就是那些被冷落的貴族的末路吧。所以不管怎麼忙碌，終究都是自己該做的事，還是應該對自己的未來立下目標。

儘管昌浩才入宮不久就已有如此的體認，卻還是只能一邊揉著沉重的眼皮，一邊拚命地磨墨。

雖然被人當成雜役般使喚，昌浩卻不覺得特別辛苦，因為做任何事都必須從最基層做起，況且無論爺爺或父親都是這樣教導自己的。

『本來嘛，如果以為輕輕鬆鬆或過太平日子就能出人頭地，這種想法實在太膚淺了。每當受到欺負時，雖然很想罵人，但反而更能激發鬥志，不是嗎？所以年輕時吃點苦也是值得的。』

該怎麼說呢？今天的小怪似乎特別多話。平常昌浩工作時，它總會靜靜待在旁邊不吵不鬧。昌浩揉了揉累得快張不開的眼睛，一邊望著小怪，然後嘆口氣嘟囔著：

『你今天的話真多！』

小怪用後腳站了起來，雙手扠著腰。

『我是怕你無聊，不想讓你打瞌睡，你應該感激我才對吧！』

咚！

『咚？』

原本抬頭挺胸望著天花板的小怪，聽到聲音趕緊低頭一看，只見昌浩一頭栽向桌面，肩膀不停顫抖著。

『喂喂，才剛說你就睡著了啊！』

小怪一臉不解的拍了拍昌浩的肩膀，昌浩撫著前額抬起頭，有氣無力地說：

『小怪，你雖然體貼，可是讓人擔心的頭痛事還是在啊！』

『是哦？』

『難道你不能說點更有建設性的話嗎？』

的確，黎明時才回到家，只能利用入宮前的短暫時間稍稍打瞌睡，所以想睡就是想睡啊。再加上單調的工作，更讓眼皮愈來愈沉重。小怪的用心雖然令人感激，但難道就不能說些笑話、有趣的事，或是做點別的什麼事嗎？

小怪不解地睜大眼睛，若有所思的樣子。

『嗯……假設平安京建都時，不知為何讓妖怪們跑了進來，然後演變成如今讓人欲哭無淚的嚴重情況，或是……』

『那些留到以後再慢慢說吧。』

的確是非常吸引人的話題，但眼前還有更實際的問題得優先處理。

『那麼，就來說說晴明是如何召喚我們，又是如何演變成現在的主從關係，怎麼樣？』

的確想知道，真的非常想知道。仔細想想，區區一個人類安倍晴明，究竟在何時，又是如何讓身為神的十二神將聽從命令呢？昌浩從未聽過這些由來，要是能聽到主角親口說出，絕對是千載難逢的機會。儘管如此，但是……

『那件事什麼時候說都可以啦。』

還有比這件更優先的事，所以建議駁回！

小怪突然站了起來，好像在運動般揮動著手臂，扭動著上身，全身筋骨啪啦啪啦作響。昌浩想，能這樣站立著轉動身體、放鬆筋骨的怪物，大概也只有小怪才辦得到吧。

『本來想讓你忘記那些不愉快的事情，沒想到你這個無情的傢伙，竟無視我的一片苦心！你那個睡眠不足的腦袋瓜，還能想出什麼了不起的事嗎？』

昌浩驚訝地直盯著瞇著一隻眼睛、微微擺動耳朵的小怪。

『哇，小怪，原來你那麼關心我啊？你真是個好人！』

『我不是人啊！』

『好怪物。』

『不要叫我怪物！』

『好小怪。』

『……算了！』

昌浩笑著拍拍悶悶不樂的小怪。

『對不起啦！』

『沒關係啦，誰叫你是昌浩呢！』

小怪賭氣地走到一旁準備睡覺，就連這個舉動也那麼可愛，那麼討人喜歡。這個故意裝模作樣耍脾氣的小怪，和那個紅蓮竟然是同一號人物，看來這世上好像也沒什麼道理可言了——昌浩最近經常這麼想。

換了個外型，就連個性也會改變吧。對了，元服禮那天，小怪說過『換了衣服，好像連個性也變了』，也許自己正是如此，才會想著那些有的沒有的吧。

昌浩搖了搖頭，試圖趕走睡意。因為是工作，縱然是為了寫符咒而磨墨這樣單調的工作也不得不認真去做。

小怪回頭偷偷看著專心工作的昌浩，微微地笑了，接著陷入沉思中。

這裡是陰陽師常駐的陰陽寮，就算發生了昨夜妖怪來襲的事件，能夠迎戰、收伏妖怪的人才太多了，所以也沒有任何好不安的。就算沒有可信任的人，但至少還有吉平與吉昌在這裡。

腦海中浮現出昨夜牛妖的身影，小怪試著回憶著。

活到這麼一把年紀了，從來沒見過類似的東西。要是真遇上了那樣的妖怪，恐怕一輩子也忘不掉的。昌浩的占卜顯示出的卦象，指的應該就是那個妖怪吧！被煉獄的鎖鍊束縛住、表皮又剝落了，在那樣的傷勢下，妖怪恐怕難以活命了。那個從未見過的可怕妖怪，的確是『不請自來的不速之客』。但是那傢伙又是從哪兒來的呢？

晴明應該十分清楚所有這些事情，還是稍後再去問個明白吧。

傍晚，昌浩在書庫裡的小房間跌倒了。

今天一整天的工作終於在磨墨中結束了。其實也沒什麼，不過老是做著同樣的工作，肩膀也不知不覺地僵硬了起來，再加上睡眠不足，步伐變得有些搖擺不穩。他心想：『躺一個時辰也好。』於是拜託小怪晚一點叫醒他，就枕著書本進入了夢鄉。

另一方面，擔任叫醒任務的小怪卻也開始呵欠連連。它趴在昌浩的身旁，耳朵卻不斷顫動著注意周遭的情況。

昌浩突然清醒過來。

『咦？』

在夜色的籠罩下，屋內僅透著微微的光亮，剩下的是一片漆黑，甚至看不見月亮。

這裡是哪裡啊？

昌浩環顧四周，雖然是黑夜，而且是真正的幽暗鬱黑，但他卻不可思議地看清了房屋的全貌——是東三条府，就是前些時候才遭到妖怪入侵的大宅邸。

為什麼自己會在這裡呢？

昌浩側著頭想。

『難道我不知何時已經離開了陰陽寮嗎？』

他望向腳邊，不禁訝異。奇怪了，總是待在身旁的小怪不見了。

『小怪……』

他小聲地叫喚著，卻沒有任何回應。

一片死寂。或許因為是深夜吧，他感覺不到絲毫有人的蹤跡，也或許大家都已經入睡了吧。

算了，昌浩搖搖頭。

那棟建築流洩出燭台的光亮。

突然，他仔細傾聽。

『是狗？』

隱隱約約聽得見狗叫聲從寢殿裡傳出，是相當悲慟的哀嚎聲。他被詭異的氣氛所吸引，往府中深處走去。東三条府被高聳的圍牆給圍住了，究竟發生了什麼事，讓狗兒如此慌亂呢？

微弱的吠叫聲斷斷續續地傳來。突然，昌浩的背脊像是被冰冷的手摸過似

的，有一種無法形容的感覺湧了上來，到了頸部盤旋不去，脖子的寒毛都豎立了起來。

雖然隱蔽在黑暗裡，但那肯定就是妖氣！昌浩熟悉那個氣息，是隱藏在瘴氣中的那陣妖氣。

妖氣逐漸彌漫，侵襲而來。

東北對屋的房門裡側映照著朦朧的燈火。

昌浩突然停下了腳步，好像有什麼東西發出了警告，他的雙腳僵硬得無法動彈。是緩緩襲來的一陣冰冷。

狗嗚咽地哀嚎著，就在對屋旁的竹簾下方——當時，小怪曾說那裡『殘留著某種氣息』不是嗎？沒錯，就是那裡，與那個妖怪出現的是同一個地方。

昌浩抬起頭。從門內垂下的簾幔映著一個人影，身材嬌小，頭髮挽在臉頰旁。

『彰子！』

她正訝異怎麼有狗吠聲而探出頭察看外面的情況。

『……有了！』

異常激動的聲音。這聲音卻不是傳進耳朵，而是迴盪在腦中，就跟那個像牛的妖怪一樣。

『……進貢……那般的靈力……太棒了！』

那聲音竊竊地笑著。

『頭髮……好長啊……』

彰子的頭髮很長，應該是從出生到現在，除了修整之外都不曾剪過吧，因而擁有一頭筆直而豐潤的亮麗黑髮。

『……有了她……傷口就可以復原了……』

『進貢』，妖怪的話語像雷電般閃過昌浩的腦海。

漆黑的幽暗裡，有個影子蠢蠢欲動。不行，不要碰彰子，不准動那個女孩。

『不行……啊！』

昌浩拚命喊著，叫出的聲音卻是如此微弱。

飄散在空氣中的妖氣是那麼鋒利緊繃，昌浩屏息凝視著。

那影子回過頭來竊笑著。漆黑的幽暗裡，有個蠢蠢欲動的惡魔，炯炯有神的一對眼睛正注視著昌浩的一舉一動。

妖氣刺進昌浩的肌膚，侵入體內，讓他的身體變得僵硬起來，眼睛睜不開來。

『嗚……』

像狗的聲音發出威嚇般的吠叫，從竹簾下潛伏而出，慢慢地朝昌浩逼近。

『昌……浩……』

昌浩無法呼吸，瘴氣纏住了咽喉，閉塞了氣管，心臟像是被什麼搥打而急遽跳動著。

一對眼睛散發出凌厲的光芒——昌浩看見了。

『啊！』

那個身體酷似老鼠，卻有著烏龜的頭，他從來沒見過這樣的東西。

它盯著昌浩，冷笑著。

『昌……浩……』

聲音，呼叫的聲音……

昌浩用盡全身力量大聲呼喊著：

『紅蓮！』

『昌浩！』

耳邊傳來了叫聲，昌浩驚醒過來。不知為何，他感到有股寒意，呼吸不自然地加速，心臟就像是全力疾走後急速跳動，額頭滲著汗珠。他眨了好幾次眼，卻僅有眼珠子能轉動，看到小怪正著急的看著自己。

『小怪……』

嘶啞的聲音像是從喉嚨深處擠出。昌浩吞了吞口水濕潤乾涸的喉嚨，猶如撕裂般的疼痛總算止住了。他用手撐起了身子，額上的汗珠紛紛滴落下來，背部也被汗水浸濕了，也許剛才失溫了才會覺得冷吧。

他呆呆的看著四周，自己仍在陰陽寮的書庫裡。從透進光線的北側窗戶看出去，知道天還亮著，自己並沒有睡了太久的時間。

昌浩盯著自己失去血色且變得冰涼的手心，身子還止不住的顫抖著。

『沒關係吧？是做惡夢嗎？』

小怪擔心地認真詢問。他點點頭，開始反覆的深呼吸。小怪耐住性子等待昌浩調整呼吸，並嚴肅的看著他。

『怎麼了？』

『做……夢了。』

『夢？』

昌浩對疑惑的小怪回憶起自己的夢境。

『在東三条府，藤原大人的府邸……』

他不時思考著，希望能盡量將正確的夢境讓小怪知道。

說完時，黃昏的天空已染上了淡淡的紫色。

『與妖怪眼神交會時，我聽見了你的聲音，才醒了過來。』

昌浩叫著紅蓮，就像哀嚎似的，若是沒有醒過來，恐怕會被殺掉吧。雖說是個夢境，但那種恐怖感卻極為真實。

昌浩吐出長長的一口氣，終於恢復了安心的神情。說完所有的事情後，壓在胸口的壓力也變輕了。

另一方面，小怪則表情嚴肅的望著天際。

雖然只是個夢境，但卻不能如此輕易的下定論。就算昌浩只是個菜鳥見習生，但終究也算是個陰陽師吧，他身上尚未開花結果的才能畢竟仍是未知數。

陰陽師的夢境，總是具有含意的。

『那樣的夢境……』

昌浩說完後，突然瞇起了眼睛。瞬間，腦中閃過某個景象，就像是夢境的延續，朦朧中帶著迷霧——傍晚，瀕死的妖怪逃到了後宮，在夢中對峙的妖怪隨即追趕而來，妖怪於是放火以告知同伴自己遭毒手……

『被妖怪追逐的妖怪放了火……』

人們耳朵聽不到的那種『狗叫聲』，混雜在火災的喧囂中隱匿了起來。

——斬草除根，這一切都是為了我們自己……

那個妖怪就這樣到了東三条府。

『昌浩？』

昌浩因為小怪滿是訝異的聲音而回過了神，發現小怪始終在盯著他看。他搖搖頭說沒什麼，忽然又像想起什麼似地問：

『小怪，你有察覺到什麼蛛絲馬跡嗎？』

那個出現在夢中的妖怪。

『老鼠的身體，烏龜的頭……那是什麼呢？』

而且叫聲又像狗，小怪百思不解。

『我從沒聽過那樣的妖怪，至少在這個國家是不存在的！』

『你說這個國家沒有，那這妖怪究竟是什麼呢？昨天看見的牛妖也是這樣……』

小怪歪著頭思索著。

『真是一點頭緒也沒有！既然這樣，不如向晴明低個頭，去問他吧。晴明一定會知道的。』

小怪才這麼一說，昌浩立刻擺出了厭惡的表情。

『哼！』

『別擺臉色嘛，偶爾也該撒撒嬌啊。說不定他會屈服於愛孫的可愛，然後為你做許多事呢！』

『他鐵定會說，「連這樣的事情也不知道啊？虧我教了你那麼多。爺爺真是難過啊。昌浩，你還是回到我的身邊，再認真地從頭學起吧！」』

『嗯……』

也許吧，小怪不予置評，莫可奈何地嘆了口氣，然後指著被昌浩當作枕頭的書。

『你呀，怎麼可以把這麼重要的書當作枕頭呢？而且還拿了兩冊，被發現的話怎麼辦？』

『因為高度剛剛好嘛。』

昌浩一邊解釋，一邊拿著書準備起身放回書架，就在那一瞬間，其中一冊滑落了下來，他正要伸手拾起因掉落而打開了的書時，突然停住了。

『這是什麼？』

翻開的書頁裡繪著奇怪的動物，有人面獨腳的鳥、兩條尾巴的蛇、有角的馬，以及長著翅膀的魚。

『這是什麼啊？』

小怪皺著眉歪著頭，讀著封面的文字。

『啊！』兩人同時脫口而出，『是《山海經》！』

『《山海經》？』

再次確認，封面的確題著《山海經》。

『是從遙遠的西方，也就是從大唐傳來的書，據說在那兒有座山裡住著妖怪或神仙……啊！』

小怪猛然抬頭看著昌浩，昌浩也盯著小怪。

『西方的？』

『妖怪？』

昌浩所做的式占顯示，從某處來的『某個東西』，那是他們過去從未見過，是不請自來的。

兩人默默地看著對方。

從未見過的妖怪，還有它們不是傳進耳裡，而是直接迴盪在腦中的聲音……

如果這個假設是正確的，那麼所有事情就都合情合理了。

昌浩立刻轉身將書架上的《山海經》全部取了下來，共有十八冊，儘管是日式裝訂，但全部都是漢字。不過他小時候曾跟著晴明學習漢字，所以能夠流暢地閱讀大唐的書籍。

西元八九四年便廢止了遣唐使。這些書難道是在那之前帶進來的嗎？既然如此，就是不可能再取得的珍貴書籍，更無法從書庫借出了。

『該怎麼辦呢？』

昌浩抱著書說：

『那就熬夜讀完吧！』

只要不離開陰陽寮，應該就沒有問題了。

『好吧，』小怪回應，『我也來幫忙！』

昌浩睜大眼睛看著小怪。

『小怪……』

『嗯？怎麼了，感激我嗎？』

昌浩眨了眨眼睛。

『不是啦，小怪會幫忙是理所當然的，我當然知道啊！』

無論小怪怎麼瞪著昌浩，他仍是一副欲言又止的模樣。小怪眨了幾次眼睛，只能自言自語。

『啊，原來，嗯，是啊。』

『當然啊，還用多說嗎？小怪，我正忙著，你就去把側門打開吧。』

『遵命，小的這就去開門。』它一邊遵照指示打開門，一邊小聲唸著，『以前是多麼乖巧可愛啊……』

昌浩轉頭看著百般委屈的小怪，催促它。

『小怪，你還在拖什麼啊？』

『是！是！』

小怪立刻把門打開了。昌浩又嚴厲地說：

『「是」說一次就夠了。』

『……是！』

8

昌浩捧著《山海經》，在陰陽寮的角落幸運地遇見了父親吉昌。

吉昌坐在書桌前，正在準備符咒，用的就是昌浩磨的墨。

『咦，你還沒有回去嗎？』

除了吉昌之外，還有幾個人也正在準備符咒。幾天之後，晴明將主持驅火的消除火災祭，為了這場祭祀，陰陽寮裡正如火如荼地準備中。

天色已全黑了。從皇宮到安倍家並不算遠，現在也該是退朝的時候了。吉昌也正準備離開了吧，白紙所剩不多，他以工整字跡寫上的符咒整齊地放在一旁。

『那些書要做什麼呢？』

吉昌看著兒子捧著十多冊書，開口問他。昌浩於是提出請求。

『父親，是這樣的，我想慢慢看完這些書，今天可以在這裡過夜嗎？』

『過夜？』

昌浩對著滿臉疑惑的吉昌用力地點頭。

『是的，因為……這些書不能帶回去吧？』

吉昌伸手取了一冊昌浩捧著的書，仔細看過書的封面後，說：

『我們家應該也有啊。』

剎那間，昌浩與小怪驚訝得不得了。

『咦？』

『有嗎？』

前面是昌浩說的，後面則是小怪的話。

吉昌點點頭，把書放回昌浩的手裡。

『應該是父親的書吧。過去父親還是陰陽生時，曾請求賀茂忠行老師讓他帶回去，然後全部謄寫下來，現在應該還放在某個地方吧。』

據說晴明備受老師賀茂忠行的器重與疼愛。賀茂忠行很早就看出晴明天賦異稟，因此將自己所學的毫無保留地傳授給他，所以才連原本不能攜出的貴重書籍，也讓晴明帶回家吧。

昌浩捧著書，默默地看著小怪。

小怪歪著頭皺起眉，開始努力回想……終於，它不大肯定的上下擺動著耳朵。

『好像吧？啊——那個傢伙好像有段時間曾經拚命在抄寫某些重要的書籍或文卷，好像有吧？』

遲來的記憶好像也是模糊的。

昌浩的手漸漸疼痛起來，於是把手上的《山海經》放在地上。

『如果家裡真的有的話，我還真想看看呢，可以立刻找出來嗎？』

吉昌環抱著手臂思索著。

『應該就在什麼地方吧，是在哪裡呢？應該是在父親那裡吧，或者就放在書庫裡……並不在我這裡啊。』

安倍家的書庫也保存著類似的書籍或卷軸。為了避免濕氣或被蟲蛀掉，也為了保持良好的通風，每季都會拿出來曬一次，偶爾還會焚燒乾艾草來驅蟲。

昌浩放在自己房裡的書也幾乎都是從書庫裡找出來的，另外有幾冊則是吉昌

或成親送的。

『如果有的話，會是在書庫，還是就放在爺爺的房裡呢？』

如果是在爺爺房裡的話，那可就麻煩了。晴明房間的角落放著大量奇奇怪怪的書，有的是晴明自己手抄的陰陽道相關書籍，也有些是紀錄。雖然那些書都很有幫助，但要從裡面找出《山海經》，恐怕會相當辛苦吧。

面對昌浩的擔憂，吉昌慢慢地說：

『不，之前曬書的時候我還看到過，應該是在書庫裡。』

原來如此。之前拿出來通風的時候，應該是在入夏之前吧，如果是這樣，應該就在書庫裡了。當時昌浩也曾一起幫忙，但是書量實在太多，根本沒有時間一本本仔細去看，更別說留意到《山海經》了。

昌浩再次拿起了放在地上的《山海經》。

『那麼我就得把這些放回去了。』

『就這麼辦吧。我還得再待一會兒，你們先回去。』

『是。那我們走吧，小怪。』

說完，昌浩便走了出去，就在這時候，做完符咒的官員們也恰好起身離開。沒有其他人了。小怪看著吉昌，氣氛顯得有些緊張。

『吉昌，你對那次火災有什麼看法嗎？』

儘管它的外形是怪物，但本性卻是擁有威嚇特性的煉獄神將。吉昌了解它的本性，所以回答時也特別的慎重。

『應該是妖怪所放的妖火吧。不過後宮為何會有妖怪入侵，甚至還縱火？』

『原來你不知道啊……果然，預言或占卜還是吉平比較擅長，不過與晴明比較起來，你們兩個顯然還只是差強人意。』

吉昌苦笑著。這個怪物在吉昌出生前就跟在晴明身邊。

『你這麼說，我聽起來可是很刺耳呢。騰蛇先生，你又怎麼看這件事呢？』

『我不善於預言，也不懂占卜，所以關於這件事，我也不清楚，但是……』

小怪停了下來，突然瞇起了眼睛。

『你兒子似乎憑本能觀察出什麼了，只是他自己還沒察覺罷了。真是了不起，所以才會被稱作晴明的孫子吧！』

吉昌慢慢睜大了眼睛，小怪歪著身體看著他。

『無論是你或吉平，都缺少應有的膽識，所以也只能到這種程度了，真是遺憾。』

據說母親是狐狸的安倍晴明，小時候即使遇見妖怪也不動聲色，對前來擾亂的妖怪也無動於衷，不會受到任何東西的影響。

『那就是孩子的本能啊……唉，都已經過去了。』

面對小怪的欲言又止，吉昌也能理解它想講些什麼，於是故意不以為意的說：

『也許是吧，都是小時候的事，所以什麼都不記得了。』

『廢話！要是記得的話，不就像妖怪了嗎？我可不想把安倍家的孩子們當作妖怪。』

看著小怪臉上那副無法忍受的表情，吉昌忍不住笑了。

『狐狸的子孫應該可以算是貨真價實的妖怪吧！』

這時昌浩氣沖沖地回來了，他一把抓起小怪的脖子，把它提了起來。

『嗯？』

昌浩就像抓貓似地把吊在半空中的小怪湊到自己眼前，斜眼看著它。

『小怪，你為什麼不跟來呢？我那個樣子要打開門可得花一番功夫啊。』

幸好有其他陰陽生經過，昌浩才央求對方幫忙開門，之後他就回頭尋找小怪，結果竟然在這裡找到了它。

『那些書很重耶。』

『不好意思，我和吉昌聊得正高興呢。』

昌浩故意將一點都不內疚，甚至還嘻皮笑臉的小怪鬆手一放，白色的小小身子隨即『砰』的一聲掉在地上。

『昌浩，你怎麼可以突然把我丟在地上?!』

昌浩無視小怪的抗議，看著吉昌說：

『不行啊，父親大人，如果跟小怪混在一起的話，很多事情都會變得不正經的喔！』

吉昌看看昌浩，又看看小怪。剛才那個讓人有著莫名緊張感的怪物，為什麼在昌浩出現的同時就消失得無影無蹤了呢？

今年初春，晴明建議讓十二神將之一的騰蛇跟在昌浩身邊時，吉昌其實是反對的。他非常了解晴明的式神，也就是那些神將的本性。神將有十二名，其中半數擁有『陽』的特性，其餘半數則屬於『陰』的特性。

吉昌之所以反對，是因為他認為：為何不選其他的神將呢？為何偏偏是討厭的騰蛇呢？不論是掌管戰鬥爭訟的勾陣也好，招來豐穰的天一或掌管慶賀的六合也好，為什麼偏偏選中凶將騰蛇？

現在吉昌雖然能以平常心與騰蛇相處了，然而他小時候卻是害怕得不得了。那時候，騰蛇只要跟在晴明身邊，就足以讓他像看到著火似的嚇哭了。就像剛才小怪所說的『那就是孩子的本能』，因為本能，所以他感受到恐慌與畏懼，因而膽怯、厭惡。

吉昌沉思著，面前那個令人害怕的怪物揚起下巴，嘟起了嘴。

『昌浩，你說我不正經，究竟是什麼意思啊？你不要隨便毀謗我喔！』

『我說得沒錯啊，小怪，你應該要有自知之明。』

相對的，昌浩總是不客氣地跟它鬥嘴。他對騰蛇沒有絲毫顧忌，無論以為它是個怪物時，或是知道它的真正身分是十二神將的騰蛇後，都不曾有任何改變。

直到前些時候，吉昌都還不知道騰蛇是如何保護著昌浩，所以當小怪出現在眼前時，他真是驚訝不已。這竟然是騰蛇啊！但如此愚蠢的安排，一時之間還是讓他難以接受。

為什麼是騰蛇呢？晴明不願回答，只笑著說『總有一天你會明白的』。

——真是了不起，所以才會被稱作晴明的孫子吧！

吉昌想起小怪的話，淡淡地笑了。

從出生到現在，騰蛇從不曾叫哥哥吉平或他『晴明的孩子』，即使是哥哥的孩子或自己的其他孩子，也從未被叫作『晴明的孫子』。

『自知？你的意思是指書還是硯台之類的那種形狀吧，晴明的孫子？』

『不要叫我孫子！是「自知」，不是四角⑮！你連話都忘記該怎麼說了嗎？小怪！』

『不要叫我小怪！』

騰蛇只會稱呼昌浩『晴明的孫子』。就是那麼回事啊！

吉昌默默地苦笑，然後拍拍手喚起他們的注意。

『好了，該回家了，不是還有正事要做嗎？』

昌浩回過神來，立刻停止鬥嘴，然後抱起小怪夾在腋下。

『那我們回去了。』

『路上小心。』

『是！』

看著快步趕著回家的兒子背影，吉昌嘆了口氣，再度握起了毛筆。

拚命趕回家的昌浩與出來迎接的母親匆匆打過招呼，在房裡換了衣服、摘下烏紗帽後，便把自己關在書庫裡。為了照亮書庫，他準備了幾座燈台，然後開始尋找《山海經》。

『好，愈是高聳的山，我就愈想去征服。在還沒找到之前，我絕不會輕言放棄的！』

他把頭髮纏在腦後，兩手緊緊握拳，氣勢高昂地宣示著，小怪則忍不住拉拉他的衣角。

『這樣說可能有點像在興頭上潑你冷水，不好意思……』

『什麼事啊，小怪？』

小怪長長的耳朵上下擺動著。

『你腳下的那座「山」，全部都是《山海經》啊！』

『什麼？』

昌浩睜大了眼睛，拿著燈台一照，果然正如小怪所說是《山海經》啊。

『哇，這下省了不少麻煩，一定是平日修行的恩賜吧！』

看著歡欣鼓舞捧著《山海經》，笑咪咪地走出書庫的昌浩，小怪不禁想著：

這一切未免得來得太容易了吧。

它留意四周，發現果然殘留著晴明使用過式占的氣息。

原來如此，看來是他事先把書找出來的。也就是說，昌浩花了好幾天才發現的預言，晴明卻在更早之前就知道了。但是他並未直接干涉，應該是想讓昌浩自由發揮吧。

『既然這樣，也就是說，我也可以照自己的意思去做了嗎？』

這麼說來，從現在開始我可以不再是你的式神了嗎？晴明，可以嗎？

晴明應該聽見了，卻沒有反應，看來是默許了，於是小怪離開書庫，追隨昌浩而去。

無人的書庫中，有數根蠟燭的亮光閃耀著。突然，蠟燭的火熄滅了，原本打開的側門靜靜關上了。某個東西隱去了氣息，藏身在黑暗中緩緩移動著，然後往房子最角落而去，最後消失在晴明的房間裡。

昌浩與隨後進來的小怪，開始分頭翻閱著《山海經》。

讀漢字並沒有什麼困難，但是為了分辨許多古代地名或名稱等等，也花了他們不少時間。

由於這是晴明抄寫的，所以並沒有妖怪的圖像，只有文字的描述，閱讀起來也頗為耗時。幸好，兩人之前都看過妖怪，就是那個外形像牛、又有四隻角的白色妖怪。而且如果昌浩的夢境屬實的話，侵入東三条府的應該就是那個像老鼠的妖怪。

平常只需要一支燈台，但今天為了看清楚手邊的文字，昌浩準備了五支，不過這些都是他要用的，小怪不需要燈火照明。

不久之後，本來翻著書的小怪突然提高了聲音說：

『不就是這個嗎？』

『咦，哪個？』

昌浩像是要把小怪包住似地覆在它身上，看著記載的文字，朗讀了出來。

『形體如牛，白身四隻角，亂毛猶如簑衣膨脹開來……⑯就是這個啊！』

這上面說的就是昨晚碰到的牛妖，絕對錯不了。現在回想起來，背上還冒出一陣涼意呢。

『名叫獓……不會讀這個字啊，從沒看過這個漢字。嗯，是獓狃（一ㄣ）⑰吧？會吃人……』

昌浩喃喃讀著，小怪也跟著翻開下一頁。

老鼠的身體，烏龜的頭，如狗的吠叫聲，那個出現在昌浩夢中的妖怪也真的存在嗎？就在它繼續往下讀時，昌浩仍在為了獓狃的發音傷透腦筋。

『啊！』

小怪猛地抬起頭來，不幸的是昌浩剛好轉頭望向別處，沒留意到它的舉動。一個鏗咚的響亮聲音，接著昌浩往後倒了下去，小怪則趴倒在地上。

『哇啊，好痛、好痛！』

昌浩眼冒金星，按住被撞到的下巴還有被撞得頭昏眼花的腦袋，看來暫時還起不了身。小怪則是兩手抱住被撞到的頭，或許是痛得發不出聲音吧，只能手忙腳亂地呻吟著。

『嗚嗚嗚，痛呀呀呀……』

兩人強忍住眼淚，勉強站了起來，趕快盯著小怪剛剛讀到的地方。

『這裡……』

小怪一手按住頭，一手指著一行文字。額頭上的紅色印記顯得異常鮮豔，難道撞擊的瞬間也會讓那印記產生變化嗎？

昌浩想著想著，還在冒金星的眼睛眨呀眨的，邊吸著鼻子邊往下讀。

『嗯……這個……往北流注入黃河，水裡多蠻蠻，其形體……』

昌浩的聲音緊繃，且愈來愈低沉。

『……其形體為鼠之身，鱉之首，聲如狗吠。』⑱

沒有錯。

小怪抬頭看著昌浩，昌浩也看著小怪，點了點頭。

這些看起來不受歡迎的東西，是從哪兒來的？

它們是從遙遠的西方翻山越海來到此地，是人們無法想像的妖怪。

昌浩緊咬嘴唇，默默站了起來，然後開始準備施法所需的符咒和護身道具。

『昌浩？』

『得去找找啊！如果放著那個妖怪……蠻蠻不管的話，恐怕會釀成大禍。』

昌浩感到有一種說不出的焦慮感壓迫著他的背。那些妖怪們說了進貢、昌浩，還有左大臣的千金小姐。那麼，究竟要進貢給『什麼』呢？

胸口鬱積著冰冷的團塊，堵住了出口，而他非常清楚那個團塊究竟是什麼。

由於只能憑想像卻無法看見事實，因此不安的感覺仍舊無法消退。如果自己的預感是正確的，那麼……那個『什麼』是存在的嗎？

本能在發出警告，除了已經看到的這些妖怪之外，一定還有其他的東西。

『該怎麼找呢，京城這麼大，有辦法寸土不漏的找嗎？』

昌浩對小怪說：

『我們可以去把躲著的小妖小鬼全部抓起來，它們一定可以感覺得到。這些妖怪一定躲在什麼地方，非找出來不可！』

小怪的陰陽講座

⑮為什麼小怪會以為『自知』是在說書或硯台之類的『四角』呢？因為日文的『自知』是『jikaku』，四角是『sikaku』。它是因為沒聽清楚昌浩的發音，才會搞錯意思啦！

⑯《山海經》的原文（見〈西次三經〉）：『三危之山，其上有獸焉，其狀如牛，白身四角，其豪如披蓑，其名曰獓狠，是食人。』（哎喲！文言文真讓人頭痛啊！）

⑰沒錯！『狠』的正確讀音就是『ㄧㄣ』！

⑱《山海經》原文（見〈西次四經〉）：『剛山之尾，洛水出焉，而北流注於河。其中多蠻蠻，其狀鼠身而鱉首，其音如吠犬。』

9

今晚的月亮是幾乎完美的滿月，這麼說來，在陰陽寮時不知聽誰說過，不久後就要舉行賞月晚宴。但是這個月後宮發生了火災，因此晚宴應該會停辦，或者看情況改以其他形式舉行吧。

元服禮後還不到一個月，卻發生了那麼多事。

昌浩與小怪一起沿著西洞院大路往下走。愈往前走，小怪的大眼睛愈是炯炯有神，額上的印記也愈加鮮明。

『異邦的妖怪果然難以預測啊。』

『原來也有小怪不知道的事情。不知道誰曾經誇下海口說，它可是長命百歲又無所不知的啊？』

面對昌浩的挖苦，小怪只能吐吐舌頭。

『就算我長命百歲又無所不知，也不見得就知道異邦的事情啊。雖然打從我

出生以來，已經輕鬆度過了數百年的時間，卻從來沒離開過日本啊。』

『小怪，這樣是不行的，你要有點上進心啊！如果只是抱著狹隘的知識，不試著去學習不懂的事情，就會慢慢變得偏執，最後連個性也會變得冥頑不靈而讓人討厭！』

昌浩對自己說的話頻頻點頭，所以根本沒注意到小怪臉上有種被抓到痛處的表情一閃即逝。那樣的神情立刻就消失了，小怪若無其事的回答：

『說到上進心，沒進步的人講這種話是沒有意義的啊，晴明的孫子！』

昌浩握起拳頭，作勢要打小怪。

『不要叫我孫子！反正我是無所謂，我還有個輕鬆自在、像龜一樣長命百歲的爺爺……』

昌浩說完之後，小怪不解的注視著他，然後慢慢開口說：

『你是在說裝著水的瓶子嗎？』

『咦？』

被唐突的指正之後，昌浩不禁睜大了眼睛。

『龜？瓶……⑲難道不是有殼的烏龜嗎？』
昌浩簡直要跌破眼鏡了，抱著頭一句話也說不出來。
『哇啊，我一直以為是有殼的烏龜耶！啊，移動了瓶裡的水原來指的是裝水的瓶子啊！哎呀，我終於明白了！』
在一派天真的昌浩面前，小怪簡直要舉手投降了。昌浩總是會說出令人難以置信，但又令人捧腹的話來。
『喂，喂，正經點啊，晴明的孫子！』
這麼一來，氣氛好像少了些緊張感，難道是自己的錯覺嗎？不過小怪偷偷瞧了昌浩一眼之後，不由得改變了先前的觀感。
雖然昌浩若無其事地說著俏皮話，但眼神裡卻充滿了專注與認真。
為了能看到黑暗中的事物，昌浩甚至對自己施了法術。所以即使現在處在黑暗中，他也能像白天一樣自由行動。
昌浩停下腳步，小怪也跟著不動。
東三条府的大門緊閉。昌浩他們離開家時已過了晚上十一點，大家應該都已經入睡了吧。

昌浩沒有感覺到任何異樣，於是鬆了口氣。自從那天之後，似乎就沒有再發生其他事情了。

他的衣襟裡散發出彰子所送香包的香氣。出門時，因為怕弄掉了，於是就放在胸前。小怪當時看到了，還對他冷潮熱諷了一番。

昌浩留意著四周。

朱雀大路將京城一分為二，東邊稱為左京。昌浩和藤原道長居住的左京繁榮富裕，而西側的右京則荒涼貧窮。至於為什麼會這樣就沒有人知道了。不過自從平安時代初期以來，右京隨著時代變遷漸漸變得落沒荒寂的確是不爭的事實。也因此，右京有許多荒廢的宅邸或廢墟，貧窮百姓也只能往那邊去，所以貴族們幾乎從不涉足右京。

東三条府的周圍盡是雄偉壯觀的宅邸，因此附近當然也沒有像是躲藏著妖怪的房屋。

距離最近的，又會是哪裡呢？

『就去前陣子打敗大骷髏那附近如何？從朱雀大路再往前走一點就到了。』

考慮過小怪的建議之後，昌浩轉身說：

『那我們就去試試看吧！』

沿著二条大路往西走，途中會經過皇宮，所以還是盡量隱身在黑暗中比較妥當。若是被人發現而前來盤問的話，恐怕只會惹來更多麻煩。

經過皇宮，來到右京後，整個氣氛突然變得極為蕭條。雖然沿途都有著並排的房屋，卻出人意料的荒涼，絲毫感覺不到人們生活的氣息。儘管還是有人住在這裡，甚至較低階的官員也多半住在右京，但右京還是一年不如一年。

突然，小怪的耳朵有了反應，它停住腳步快速觀望四周，然後眨著眼睛，開口說：

『怎麼辦？』

昌浩慢慢地轉過頭。

『現在出擊未免太早了吧？反正對方也不會跟過來！』

他們停在一座荒廢的大宅子前面，越過崩壞的圍牆，踏進庭院。

因為還有少許月光，加上昌浩之前對自己施了法，所以縱然是晚上，他依然看得見房子的荒涼景象。這個地方就算是白天也讓人有些毛骨悚然，膽小一點的人恐怕是不敢靠近的。但是昌浩不以為意，繼續朝著充滿灰塵的屋子走去。跟在後面的小怪吸進了漫天飛舞的塵埃，開始用力打著噴嚏。

『哈啾，呼……啾……』

最後它甚至咳了起來，昌浩實在看不下去，一把提起了小怪。

『沒關係吧？』

『嗯……鼻子好癢喔！』

小怪用前腳磨蹭著很不舒服的鼻子，又輕輕地咳了起來，然後不停揉著鼻子，眨著眼睛。

這時候，兩人才發現有許多視線集中在他們身上。

這好幾對眼睛的主人們並沒有敵意，但它們卻因為眼前的對象而好奇地騷動了起來。由於這些並不是危險的妖怪，因此看著它們為了避免被發現而躲躲藏藏的模樣，其實也挺可愛的。

昌浩或許也察覺了，於是開始觀察附近的氣氛。終於，從天花板上飄下微微的妖氣。

『上面？』

昌浩直覺地抬起頭來，看到數百道光芒隱約閃爍著。在天花板的大樑上以及柱子的陰影下，原本躲著的妖怪都現身了，直盯著他們看。它們並不是那種大妖怪，而是真正居住在此的像孩童般的小妖怪。

小妖們發現昌浩被這樣盯著看還能不慌不忙地回看它們時，有幾隻訝異的互望著，最後，一隻小妖瞪大眼睛喃喃說：

『……孫子！』

昌浩的眼睛微揚。小怪一看到昌浩露出痛恨的神情，便趕緊安撫他。

就連在這裡，這些小妖小鬼也要叫我『晴明的孫子』嗎？

小妖們不理會擺出臭臉的昌浩，紛紛嚷著：

『孫子！孫子！』

『知道嗎？這傢伙就是晴明的孫子！』

『他曾經打敗過大骷髏。』

『哇，他打敗了那傢伙嗎？大骷髏實在好可怕啊！』

一群又一群的小妖嘩啦嘩啦地滑到了地板上，有的短手短腳、尖嘴猴腮、眼睛異常地大，有的怒髮衝冠，有的則看起來像黃鼠狼，原來它們還有各種模樣。

還能用的家具都被小偷或拾荒者拿去了吧，在空無一物，甚至連榻榻米也沒有的屋內，囤積著那麼多的灰塵，小妖的數量也愈來愈多。它們包圍著昌浩，露出好奇的眼神望著他。

『這就是晴明的孫子嗎？』

『十三歲了？很晚才行元服禮啊！』

『他打敗那個骷髏時是什麼情況？大骷髏那個傢伙真的好可怕！』

『是孫子啊，孫子！晴明那傢伙還有這麼小的孫子啊？』

『這個傢伙應該終於知道怎麼分辨妖怪的種類了吧？』

『雖然是人類，可是一點也不害怕耶！』

『有個奇怪的東西跟著他耶！』

『這孩子果然也是安倍家的後代，帶了好多法器！』

『是個天生就不太一樣的傢伙吧，也有些羞羞臉的傢伙，沒有實力卻也自稱是陰陽師！』

昌浩不想再聽小妖們七嘴八舌道人是非的話語，便貼近小怪的耳邊說：

『小怪，不要洩了底啊！』

『哎呀，如果在這些傢伙面前洩了底，也是無可奈何的事……哇啊！』

小怪往上一瞧，趕緊掙脫昌浩的手。

『小怪？——哇啊！』

小妖們將目標鎖定住驚慌的昌浩，紛紛從天花板上湧了下來。昌浩被大群小妖簇擁著，雖然它們沒有多重，不致於造成什麼傷害，但他還是被弄得無法動彈。

『哇，果然還是不能小看！』

『這樣下去真的沒關係嗎，真的好為你擔心啊！』

昌浩綁住的頭髮被輕輕拉了起來，也只能任它們在他耳邊七嘴八舌地說話。

他一邊捏住鼻子一邊揮開那些小妖，找到小怪之後便瞪著它。

『別逃啊，小怪！』
『饒了我吧，我覺得自己還算可愛啊！』
被那些小妖當成玩具的昌浩，兩手合掌，低下頭來拜託小怪，小怪只得抓起身旁的一個妖怪。
『喂，你最近有看到什麼以前沒見過的妖怪嗎？』
忽然間，氣氛緊張了起來，剛才還那麼喧鬧，這下子卻像打了水漂後又恢復平靜的水面，變得無比安靜。
妖怪們注視著小怪，其中有些還在發抖。
『很重耶，別鬧了，走開啦！』
只剩昌浩還精力充沛地罵個不停，小妖們則已經嚇得不敢動彈，小怪無可奈何，只好伸出手把昌浩從小妖群裡拉了出來。
昌浩一邊啪噠啪噠地拍著身上的灰塵，一邊環視周圍。從小妖們驚慌失措的樣子看來，昌浩更確定它們知道蠻蠻的事情了。
『你們知道那個有著老鼠身體、烏龜的頭、聲音像狗叫的妖怪在哪裡嗎？』

結果，小妖們一起開口，但由於它們各說各的，所以根本沒辦法聽清楚。

『等等！一個一個來，先從最旁邊那個開始說吧！』

聽到小怪的喝斥後，小妖們偷偷摸摸地交頭接耳討論著。最後有三隻小妖走到前面，可能是被推選出的代表。

『我不知道你說的那種東西，不過我在羅城門那裡看過像牛的東西，好多同伴都被它殺掉了。』

『嗯，我也不知道。不過我看過像老鼠的東西，它把我們的同伴趕到你們最重要的建築物那邊，然後殺了它們。』

昌浩屏住呼吸，後宮的火災果然是這些小妖引起的。

這個國家的妖怪絕不是軟弱的傢伙。直到現在，還有許多家畜或人類喪生在它們手裡，就像昌浩第一次擊敗的蚯蚓妖，光是一張嘴就有八尺寬，足足可以吞下一頭牛呢。但他們面前的這些小妖不過是些軟弱的東西罷了。

聽著同伴的話，最後一隻小妖瞪大眼睛插嘴說：

『咦？才不是呢，還有更可怕的！』

『什麼？』

昌浩與小怪異口同聲叫了出來。什麼?!還有比那個猙狪和蠻蠻更可怕的妖怪嗎？

其他的小妖似乎並不知情，紛紛嚷著它騙人、根本不知道有那回事。但這個小妖渾身發抖，一邊含淚說著：

「是真的啦，因為它實在是太可怕了，身體好大，身上不但有條紋，還長著翅膀呢！」

突然間——

『聊得正起勁啊！』

昌浩與小怪像被潑了一盆冷水，立刻回過頭去。

在雜草叢生的荒廢庭院裡，蠻蠻出現了。

月光下，蠻蠻比他們想像中來得嬌小，甚至遠比小型犬還小。儘管如此，它體內蘊涵的妖氣卻是之前的大骷髏遠遠比不上的。

當時那股瘴氣，不僅隱藏了蠻蠻的身形，同時更掩蓋了它的妖氣。

不能被它的形體所惑，要是不趕緊看出它的本性，恐怕與它對峙沒多久就會被擊斃了吧。

蠻蠻猙獰地大笑，用後腳踏地，小小的身體飄然飛舞了起來。就在一瞬間，昌浩的耳畔響起笛子的聲音，過了一會兒，臉上竟出現了紅色血絲，鮮血滴落下來，這才感覺到痛。

同時昌浩也聽見了淒厲的哀叫聲，他立刻回過頭去，不禁目瞪口呆，只見許多小妖的身體被一分為二，滾落一地，剩下的小妖則群龍無首地四散奔逃。再一看，蠻蠻正舔舐著沾在前腳上的血滴。

昌浩的手腳僵硬得不聽使喚，只好將整個身體硬生生轉了過去，擔心有狀況的小怪緊張得擋在他面前，發出低吟聲嚇阻蠻蠻。小怪額頭上的印記正散發出淡淡的光芒。

這時，蠻蠻再度輕輕踏著地面。

昌浩集中意念，死盯著蠻蠻，突然間，他彎下了身，只聽見頭頂上發出了尖銳的風聲，然後一綹被切斷的頭髮掉了下來，若是再遲一步，恐怕脖子就要被切

斷了。

又是一陣慘叫聲傳入昌浩耳中。蠻蠻不費吹灰之力地又殺了十幾隻小妖。

『不要殺害它們！這些傢伙根本不會害人，你沒有資格殺它們！』

昌浩再也忍不住，大叫出聲，蠻蠻卻說出了令人意外的話。

『又有什麼不同？我們一定會勝利的，反正遲早都是死路一條啊！』

『住嘴！我不會讓你們得逞的！』

對著蠻蠻怒吼的同時，昌浩立刻打出了手印。

所謂的陰陽道，原本就是由異邦傳來的道教、日本自古傳承的神教、密教等交融衍生而成的，既然如此，應該也可以對付這個西方來的妖怪吧。

面對齜牙咧嘴的蠻蠻，昌浩叫著：

『嗡呵多瑪達拉‧呵婆葛加涅娑羅！』

蠻蠻像是被某種東西困住似的彈了出去，不過一個翻身之後立刻跳躍起來，老鼠的身體果然跑得很快，但嬌小雪白的小怪就堵在它的前方。

『滾開！』

蠻蠻齜牙咧嘴，發出怒罵聲，身體爆發出陣陣妖氣。整棟房子立刻發出吱吱嘎嘎的聲響，到處都有龜裂的聲音傳來，木塊也紛紛掉落。

小妖們也許是被蠻蠻的聲音嚇到了，一個個蜷縮著發抖。

蠻蠻踩踏著那些害怕得像石頭般僵硬的小妖，一踏地便飛衝了過來，小怪側身怒視著它。

『辦不到！』

小怪說完，額上的印記火紅地燃起，白色的毛髮也豎立起來，全身發散出淡紅色的鬥氣。這股熱氣捲起了旋風，化作刀刃朝著蠻蠻襲擊而去。

一陣沉重的聲響傳來，蠻蠻的背上出現了幾道裂痕，瞬間便噴出了鮮血。由於沒有月光，那血液看來猶如黑漆一般地黝黑黏稠。但它依舊奮力起身，準備再次朝昌浩直衝而去。這時，有隻小妖為了阻止它而被撞飛了出去。昌浩大叫：

『笨蛋！』

那隻小妖撞上樑柱後滾落地上。昌浩看到那個小妖一動也不動了，他壓著胸口忍住傷痛。

怎麼……怎麼能就這樣輕率地死去啊！

人類是可以和它們共存的。只要它們不踏進人類的領域，只要它們不危害人類，就能永保彼此和平，用白晝與黑夜作區隔，安靜平穩的生活下去啊！怎麼能容許這些異邦的妖怪破壞了這樣的關係呢？

昌浩從懷裡取出符咒，目標就是眼前這個妖怪。他閉上了眼睛。

蠻蠻跳躍著，小怪迎面而去，但也摔落到地板上。

『萬魔拱服，急急如律令！』

空氣中湧起不同於風的陣陣波動，接著一陣轟然巨響震擊著蠻蠻的身體，像是一道肉眼看不見的雷光貫穿並切裂了妖怪，淨化了它釋放出的妖氣。

『解決了嗎？』

昌浩想要確定，沒想到……

『小孩的把戲！』

陰鬱的殺意化作無形的刀槍刺向昌浩。他不禁屏住呼吸，退後了一步。

蠻蠻扭動著身體，而原本將它束縛住的靈氣立刻四散而去。昌浩不禁茫然地

看著這個異邦妖怪。

蠻蠻看著他，發出一陣冷笑之後，突然失去了蹤影，只剩下滴落在地板上散發出噁心臭氣的血跡。

那個妖怪雖然身負瀕死的重傷，卻還能像沒事般地瞬間消失無蹤。如果現在追上去的話，應該可以找到它的藏身之處，但是……

昌浩決定不去追蠻蠻，他來到剛才被撞倒的小妖身邊；就是剛才為了阻擋蠻蠻的攻擊而挺身相救的那傢伙，它曾說過『還有更可怕的』！

『喂，別死，醒醒啊！』

昌浩用力搖動它，小妖發出微弱呻吟，張開了眼睛。太好了，原來只是昏了過去。

因為蠻蠻消失了，所以剛剛逃走的小妖也紛紛回來了，但它們依舊十分害怕，緊緊和同伴們靠在一起。

『那個妖怪還帶來了其他同伴！』

小妖喀嗒喀嗒地一邊發抖，一邊哭訴著：

『它們要趕盡殺絕，我們已經無處可逃了，拜託，快把它們解決掉吧！』

小妖們拚命地拜託，昌浩完全明白了。

但是，整件事情的方向好像有點不太對勁吧，小怪冷靜地思索著——現在是什麼狀況？哪有妖怪來拜託陰陽師除妖的啊！

『應該沒有吧……』

小怪自言自語著，一旁的昌浩也不知該如何應對，想必也正在思考著同樣的問題。

小妖們不理會兩人的沉默，繼續七嘴八舌地說著：

『幫我們恢復原來的和平吧！』

『讓我們回到自由自在的生活吧！』

『再這樣下去，我們連晚上都不敢出去了！』

『拜託啊，陰陽師！』

最後一句話倒是眾口一致的大合唱。

昌浩等到稍微安靜一點後，還是提出了異議。

『等等！我還是個菜鳥，你們應該先想想自己該怎麼辦才對！』

結果小妖們再度異口同聲地說：

『但我們是膽小鬼啊！』

『你別太囂張喔！』

小妖們猛然回嘴後，個個翻著白眼，抬頭望著昌浩。

『小氣！小氣！有什麼不可以的啊？你是陰陽師吧？』

『我不是說過了嗎，我只是個菜鳥……』

『就算是菜鳥，但是當初晴明可真是了不起！』

可惡。

昌浩的眼睛定住不動了，小怪不安地眨著眼睛。

『對呀，你可是晴明的孫子啊！』

嗖——小怪彷彿真的聽到了震怒的聲音。

『拜託啦，晴明的孫子！』

昌浩忍無可忍地狂吼著：

『不要叫我孫子！』

他像在演戲一樣，叉開腿站著，縮起肩膀，張開雙手。

『爺爺是爺爺，我是我，不要混為一談啦！要說幾遍才懂啊？我還只是個菜鳥嘛！』

『菜鳥就不能除魔嗎？』

『可以吧！』

『那就好了啊，太棒了！』

『……嗯……』

昌浩漸漸被說服了，小妖們發出耶耶的歡呼聲。

昌浩啞口無言。

『……完了。』

『笨蛋，矇騙人類就是那些傢伙最得意的伎倆，真是拿你沒辦法啊，振作點吧，晴明的孫子！』

『不要叫我孫子！』

昌浩怒罵過小怪之後，無可奈何地生著悶氣。
不過，他還是很在意那句『還有更可怕的』。他把自稱親眼見過的小妖抓來，再次問它。
『你說你看過……那傢伙在哪裡？』
小妖想了想，也許是終於想起來了，突然拍手說：
『就在右京郊外那座超大的房子裡面。』
在小妖們盛大的歡送下，昌浩與小怪朝著那棟房子走去。
雖然小妖們看來歡欣鼓舞，但有半數同伴在自己眼前喪命，想必它們的心裡也都非常難過吧。不過昌浩的想像馬上就被小怪給打破了。
『才不是這樣，所謂的小妖小鬼都是薄情寡義的。它們正因以為你會幫忙打倒壞蛋而燃起了希望呢！』
『原來如此啊！』
月亮逐漸西沉，妖怪是趁著黑夜行動的，若不快點找到，恐怕又會讓它們逃之夭夭。等到黎明時，它們隱去形體，抹去氣息，將妖氣收入體內之後，肯定又會失去搜查的線索。

光是居住在此的妖怪就已經很難對付了，更何況還是異邦的妖怪，不趕緊解決不行啊。

他們在二条大路上快步往西走去。小妖所說的那座房子已經有好幾年無人居住，現在連屋主是誰都沒人知道了。以前曾經有過別的妖怪住在那裡，但那些異邦妖怪選擇這裡當落腳處後，恐怕就已經像剛才殺那些小妖一樣，把之前的妖怪毫不費力地殺掉了。

昌浩緊握著拳頭。

身為陰陽師，自然有許多機會接觸人類以外的妖魔鬼怪。與工作有關的妖怪大多是有害的，當然毫無疑問地必須驅退，但其實還是有很多善良的妖怪。走在昌浩身邊的這個小怪就是啊。

他並不是想為那些小妖們出氣，不過異邦的妖怪已經造成了內宮的災害。根據《山海經》的描述，猳狚會吃人，如果它還有其他同伴的話，恐怕京城就有危

險了。

驅退妖魔鬼怪的威脅，保護人們過著平靜的生活，就是陰陽師的工作啊。因此，昌浩決定要驅逐這些異邦的妖怪！

小怪的陰陽講座

⑲在日語中，『龜』和『瓶』的發音都是『kame』。昌浩故意裝傻，把烏龜和瓶子搞混，這……太冷了吧？

10

昌浩看見這座宅邸時，立刻明白了這房子多年來無人居住的原因。

當年屋主全家被闖入的強盜殺害，甚至連僕役也不放過。家具及地板上血跡斑斑，交雜的慘叫與喘息聲隨著臨死的哀嚎聲而消散，求救聲也愈來愈微弱，最後終歸消失。

即使在這個充滿死亡與穢氣的地方舉行過鎮魂祭祀，但人們心中那被挖開的黑洞，恐怕不是那麼容易就能填平的。同時，如果還有亡靈在此徘徊不去的話，不把它驅走也是不行的。

昌浩肩膀垂了下來，踏進庭院。

穿過有著長長雜草的庭院後，就是那棟搖搖欲墜的房屋。屋子前面有片砂地，地上幾乎沒有雜草。好不容易走到那裡之後，他一邊慢慢地轉頭四顧，一邊調整呼吸，告訴自己不管發生任何事，甚至是像剛才那樣的突襲，也都要有立刻迎戰的心理準備。

四周依舊一片寧靜。

他悄悄嘆了口氣，難道異邦的妖怪不在這裡嗎？也許它們已經發現了其他巢穴，移到別的地方去了……

『咦？』

似乎有些不對勁，平常根本什麼事都沒有，如今卻興起一種緊張的焦躁感。這感覺擊打著心臟，全身的血液伴隨著脈搏加速而急速奔騰，沉重的聲音不斷自胸中響起。

昌浩慢慢地單腳跪地，腳邊的小怪全身毛髮已豎起，散發出敵意。

他把手放在小怪的背上，低聲說：

『小怪，好像有點不對勁……』

小怪沒有回應，昌浩繼續說：

『竟然聽不見蟲鳴。』

現在正是盛夏，這裡又是如此雜草叢生，正常來說應該是蟲鳴聲不斷才對，但是現在卻什麼聲音都沒有。

小怪發出了低鳴聲，眼神銳利地凝視著荒廢宅子的最深處。

昌浩也感到一股寒意鑽入身體深處，全身冒出雞皮疙瘩，喉嚨也像被什麼東西纏住似的。

有個東西掠過了眼角，然後啪的落在他們眼前，一道飛沫彈躍而起。

昌浩覺得臉頰沾上了露水，是腥臭而黏稠的。他用手背一抹，定睛一瞧，發現手上竟沾染著深色的東西。

一雙眼睛正看著這裡，從凹陷的眼窩裡掉落出混濁的眼球，半張的嘴裡隱約看得見色澤已變得黑沉沉的舌頭，原有的四隻角皆已半斷，白色的身體也被黑濁的東西暈染得看不清楚。

昌浩的耳邊響起了它最後的話——獻上這個身體吧……

代替昌浩的就是這個被燒爛的軀體……那麼，究竟是獻給誰？

那隻像牛的妖怪失去了四肢，脖子被整齊地割了下來。

昌浩全身僵硬，雖然必須往上看，但全身就是顫抖個不停，無法動彈。

在那裡，有什麼東西就在那裡——儘管他那麼認為，而且多半也是事實，但他就是不願意相信。

他感到呼吸困難，心臟撲通撲通的急促跳動著，聲音大得令人幾乎耳鳴——雖然，他根本沒有感覺到任何氣息。

小怪的額頭火紅地燃燒起來。

瞬間，一股巨大的妖氣從屋內湧了出來，粉碎了整座荒廢的房屋。

昌浩趕緊以手遮臉，淒厲的暴風席捲而來，粉碎的房屋碎片被吹起，直朝昌浩打了過來。飛躍而起的屋頂也被割裂，樑柱的殘片嘩啦嘩啦地落了下來。

高不可測的妖氣混雜其中，破壞了這座房屋。不是蠻蠻，也不是獓㹧，而是其他更強大而可怕的。

『小怪！』

就在昌浩發出慘叫的同時，赤紅的火燄阻擋了那些即將襲來的碎片，熱風包圍住昌浩，像個無形的盾守護著。

撫過臉頰的風熱得讓昌浩只能緊閉雙唇，但他半閉的眼仍能感覺到妖氣，他從指縫間看到了前所未見的妖怪。

熱風吹起了毀壞的房屋碎片，現出原貌的紅蓮眨著金色的雙眸。

藏身在屋內的妖怪數量實在多得可怕，而且每個妖怪都散發著不尋常的妖氣。現在想起來，以前擊敗的大骷髏簡直就像孩子的把戲似的。

昌浩的喉嚨不斷發出聲音。太可怕了！他從未想過自己會遇到這樣的妖怪，與這個比起來，引起京城騷動的百鬼夜行根本就是小巫見大巫。

他密切注意著妖怪們的動靜。雖然是妖怪，卻出奇的有紀律，恐怕它們背後還有個帶頭的老大吧。是哪一個呢？

他挪動顫抖的腳，往前踏出一步。異邦的妖怪們被月光投射出清晰的陰影，以不帶絲毫感情的眼神看著昌浩與紅蓮。

奇怪的是，雖然既沒有敵意也沒有殺意，空虛之中卻有著令人窒息的威脅感。

一滴冷汗滑落背脊，猶如疾槌敲打的心臟，跳動的速度依然慢不下來。

昌浩保持著相當小的距離，緩緩地看向群妖，視線停在某個點上——那個渾身是血、像老鼠般的小妖怪被踩著，在它的身體上方，有道冰冷的目光正盯著昌浩。

那個樣子像是小牛，不過，又與最近遇到的那些妖怪完全不同，絲毫感覺不到妖氣。它全身覆著如針般的毛髮，了無生氣的眼睛散發著月光般的色澤。它的蹄一踩上蠻蠻的背，蠻蠻立刻便化作了灰骨，失去生氣的混濁眼珠始終盯著昌浩。

那個妖怪無情地踩過蠻蠻的骨骸，緩緩走了出來，同時無數的妖怪也一起包圍住昌浩與紅蓮。

即使在這時候，昌浩還在擔心著這房子附近有沒有人住之類的無聊問題。如果有人住在附近，恐怕會被捲入這場災難中，這是必須極力避免的。因為昌浩曾與紅蓮約定，絕對不能讓任何人犧牲，這樣才能成為最偉大的陰陽師，所以……

『……剛好。』

昌浩大驚。

妖怪開始變身了。原本像小牛般的形體漸漸膨脹起來，全身浮出花紋，在月

光閃閃的映照下，耀眼的毛髮呈現金色與黑色的條紋。銀色的眼珠猶如冰刃，從嘴角還看得見白色的利牙，四肢前端伸出了長而銳利的爪子，一對大鷲般的翅膀伸展了開來。

很像是圖片裡那種被稱為『虎』的妖物。

昌浩暈眩得腳步踉蹌，他趕緊抓住紅蓮才撐住了身子。

不能呼吸了，光是它散發出的妖氣就足以困住全身了。咯噠咯噠顫抖著的手腳已毫無知覺，雖然努力地緊緊抓住紅蓮，卻完全感受不到真實感。

昌浩從來不曾真的害怕過妖怪——因為認為自己會被殺害才會開始畏懼，因為不想死才會全身無力。

然而，眼前的這個妖怪卻與過去遇過的截然不同。它的存在直接連結著『恐懼』。在不想死的念頭燃起之前，本能卻已經告訴自己，撐不下去了。

那些包圍在四周的眾多妖怪，昌浩根本沒放在眼裡。

從牛幻化為虎的妖怪冷冷地笑著。

『害怕嗎？這也難怪。』

『住嘴！』

紅蓮立刻回嘴，燃起了鬥氣。

『你是從西方來的妖怪吧？為什麼會來到這裡？』

妖怪有點訝異，瞇著眼睛露出了尖牙。

『為了建造我們的居處啊，必須治癒這個傷口……』

仔細一看，『虎』的脖子上有個像是被挖開的凹陷處，只有那裡沒有毛皮，滲出了某種黏稠黝黑的東西。

療傷，居處……

這些喚起了紅蓮的記憶。他曾經在《山海經》裡讀過狀似牛，有像刺蝟的毛，會變幻為虎，還擁有大鷲翅膀的妖怪——『邽山山頂的妖獸，外形像牛，有刺蝟毛，名叫……』[20]

紅蓮嚥了口口水。

『你是……窮奇？』

虎妖默默地冷笑著。

那是西方傳下來的古代妖怪名稱，由於是異邦的事，雖然讀的時候實在引不起興趣，但從牛的模樣變身為長著翅膀的虎，這樣的妖怪還是挺特別的，所以紅蓮多少有些印象。

而且，窮奇嗜食長髮女子。

這就對了，所以蠻蠻才會垂涎彰子，她擁有長髮和超強的靈力，無疑是絕佳的獵物。

那些妖怪所居住的山巒，據說有許多山巔，大妖怪們各有其地盤。為何負傷的窮奇會率領眾多妖怪，翻山過海來到這片異鄉的土地呢？

紅蓮的眼神彷彿要看穿窮奇的身子一般。

『難道是與其他妖怪爭奪勢力而被打敗了？』

窮奇的眼神中充滿怒火——猜對了吧？

紅蓮調整氣息，觀望四周情勢。其他妖怪並不可怕，不過數量實在過於驚人，令人難以招架。如果只有自己也許還可以勉強脫身，但是還有昌浩呢！

他必須保護昌浩。

突然，紅蓮跨出右腳，這一瞬間，窮奇發出了猛烈的咆哮聲，圍繞著他們的群妖紛紛襲擊而來。

『滾開！』

紅蓮用火燄趕走了幾隻妖怪，他不理會那些發出慘叫並被燒成灰燼的妖怪，向昌浩伸出手。

『昌浩！』

但比紅蓮的手早了一步，一個像猿猴的白色妖怪抓住了昌浩往上拋。妖怪爭先恐後地踢他，昌浩就像一顆球被踢得彈來彈去。

昌浩拚命弓起身體，就那樣被踢了好幾回，然後一隻像馬的妖怪咬住了他的衣服，往地上拖去。他受到撞擊而無法呼吸，感到頭暈目眩。

『可惡……』

他不斷地咳著，胸中傳出了咻咻的奇怪聲音，接著湧出了鐵鏽味，直衝鼻腔。從未有過的劇痛刺穿了胸口，全身毫無力氣。

完蛋了，不是嗎？

昌浩微微張開眼睛，在群妖中尋找紅蓮的身影。

窮奇就在旁邊，在它後方則是一群蠢蠢欲動的妖魔鬼怪。

妖群裡不時燃起火焰與爆發的熱氣，昌浩終於發現了幾乎快被擊垮的紅蓮。

『啊……』

昌浩鬆了口氣。紅蓮還活著，還平安無事啊。

雖然胸口疼痛，但靠著淺淺的呼吸至少還撐得過去。窮奇就在眼前了，熱氣迎面直逼而來。

昌浩的身體往下落，剛才還咬著他的妖怪鬆開了嘴。昌浩整個人摔倒在地上，疼痛貫穿了胸口，他不禁發出了呻吟，也許連內臟都受傷了吧。

他拚命想要撐起上半身，但妖怪又抓住了他的脖子，存心玩弄般的往瓦礫堆丟去。

遭受這些強大的撞擊後，昌浩的意識開始變得模糊不清了，妖怪們好奇地觀察著他的動靜。他努力集中因疼痛而紛亂的意識，想著：

『眼皮變得這麼沉重，難道我就要死了嗎？就在這裡，被窮奇給吞了……』

突然，他嗅到淡淡的香味。

——昌浩將來一定可以成為了不起的陰陽師。

彰子的聲音在腦海深處響起。幸好把這個香包放在身上了。

也許無法成為陰陽師吧，但與紅蓮約定好了……對了！

『紅蓮……』

昌浩睜開眼睛，拉回偏離的思緒，努力地思索著。難道已經沒有辦法了嗎？也許可以轉移窮奇的注意力，吸引其他的妖怪過來，然後讓紅蓮可以脫身。

紅蓮是爺爺的式神，不應該喪命在這種地方。而且爺爺應該會來救他們的，縱使身為菜鳥的自己無法打敗對方，至少偉大的陰陽師安倍晴明一定可以……

四周的這些異邦妖怪應該沒把昌浩與紅蓮放在眼裡，打從心底認為他們不是對手吧。既然如此，只要引開那些傢伙的注意，就能讓紅蓮乘機脫身了。

昌浩以顫抖的右手打著手印。

哪怕只是一瞬間的注意，一瞬間，就能救了紅蓮，所以昌浩全神貫注著。

『……降伏……祈求……』

窮奇和其他妖怪們嘲笑似地冷眼旁觀昌浩唸著咒文。

紅蓮不斷揮開飛躍到身上的妖怪，燃燒著火焰，拚命企圖殺出重圍。

究竟有多少妖怪來到這裡啊？數量實在太多了。

紅蓮被利牙攻擊、被尖爪抓傷，身上到處都是傷痕。他一邊將妖怪踩在腳下，露出尖牙威嚇那些準備從背後襲擊的妖怪，並且撕裂了纏在手臂上的妖怪、燒盡緊緊纏住脖子的妖怪，一邊感到十分著急。

『昌浩在哪裡啊？那個孩子究竟在哪兒？』

淡紅色的鬥氣震開了包圍住他的妖怪，一瞬間視野豁然開朗。

昌浩在那裡，被窮奇逼到瓦礫堆了。

他不能動了嗎？受傷了嗎？在妖魔的尖牙伸向他之前，得趕過去救他啊……

突然，紅蓮屏息，睜大眼睛凝視著昌浩。

被異邦的妖怪包圍而躺在瓦礫堆上的昌浩，蠕動著嘴唇，正在詠誦咒文。

不要啊，那樣的身體再行使咒術，分明就是自殺！所有的陰陽咒術都會消耗驚人的精神與體力，愈是不熟練，損耗得就愈是劇烈。

而且那個手印，那是召喚——

就在這時，紅蓮聽見了昌浩的『聲音』，是他拚盡全力、豁出生命的懇求——

『紅蓮，快逃吧，我會掩護你的。可以了，回到爺爺身邊去吧……』

紅蓮呆住了。瞬間不知被哪個妖怪的牙齒咬住肩膀，肩上的肉被無情地撕裂。他大叫：

『不要啊——！』

昌浩拚命地唸著咒文。

第一次施這個咒，不知道能不能成功，不過至少也能分散妖怪的注意力吧！

來吧！劃開黑暗的光刃，將周圍染成銀白吧，雷之劍啊！

——不要啊！

啊，是紅蓮的叫聲。其實他真的好喜歡那個聲音，往後無論再被紅蓮說什麼，他也不會再頂嘴了。

『雷灼光華……』

昌浩閉起眼睛，用盡全身的氣力叫喊著：

『——急急如律令！』

剎那間，從天而降的猛烈雷光與閃電打向了窮奇與群妖，眼前一片花白。被雷刃貫穿的窮奇發出了慘叫聲，異邦的妖怪們被突如其來的攻擊弄得狼狽不堪，把視線全部集中在昌浩和窮奇身上。

昌浩的眼眸也隨著閃電燃燒起來，穿過緊閉眼皮的雷光，形成了白色的黑暗世界。

——就是現在！

昌浩竊笑著。

雖然只有一瞬間，但他就是為了製造這瞬間的脫身空隙。紅蓮明白昌浩所唸的咒文，因此應該也知道昌浩的意圖。

只要把握這個空隙，一定可以脫身的。

閃光中，儘管置身在白色的黑暗世界裡，昌浩仍可聽見窮奇憤怒狂暴的咆

哮，那是讓人震耳欲聾的強烈、激越的怒吼。

在銀白色的黑暗世界裡，窮奇扭動著身體避開不斷落下的閃電，除了毛皮被略微燒焦外，並沒有受傷。看來渾身是傷的昌浩咒術還是成不了氣候啊。

昌浩耳邊迴盪著窮奇的急促喘息聲，並聞到了它的氣息，窮奇露出尖牙時的吐氣就拍打在他的臉頰上。

『可惡的傢伙！』

隨著怒吼聲而來的是窮奇的利牙抵住肉體的聲音，被撕裂的肌膚湧出了血腥味，撲鼻而來。

閃光漸漸消失了。

充滿白熱光線的視野逐漸恢復了原有的顏色。就像直視太陽時一樣，視線會產生綠色的光影，當一切消失之際，某種東西落在了昌浩的臉頰上。

好溫暖——水滴，碰到臉頰的水滴滑流而過，從下巴滴了下去。

昌浩緩緩張開眼睛，茫然地望著月亮。

不，那並不是月亮，而是擋住了月光的金色光芒，所以他一時之間還以為那

就是月光——沒錯，那是嵌在額頭上的金冠顏色。

啪答啪答，從肩膀湧出了鮮血。怎麼了？怎麼會被如此啃噬？恐怕都要穿肉見骨了吧。

比起自己，那身材是如此高大，即使屈膝跪地，視線的高度依舊沒有什麼改變。

紅蓮像要包覆住昌浩似的，雙手抵著瓦礫，任憑窮奇的利牙啃噬肩膀的肉仍不為所動。

這是怎麼回事？原本窮奇的利牙是對準自己的咽喉啊，又為什麼是紅蓮替代了自己？

發狂的窮奇伸出爪子，隨即劃過紅蓮的背，新的傷口噴出了鮮紅的血霧。

看著愣住的昌浩，紅蓮微笑著。看著那笑容，昌浩的心冰冷了，突然明白眼前的一切都是事實，他發出了顫抖的聲音說：

『你……你在做什麼？為什麼不逃走？好不容易……』

我甚至施了還不熟悉的雷神召喚術好讓你可以脫身啊！

紅蓮沒有回答，那背脊、肩膀、側腹，都被妖怪咬傷了。

他冷冷地揮開張牙舞爪想要攻擊昌浩的妖怪，以火燄築牆圍在兩人四周。燃起的青白色火燄包圍著他們，裡面沒有熱氣也沒有火燄，不過卻猛烈襲擊著侵襲的群妖。

確定昌浩已經安全之後，紅蓮這才踉蹌地以手扶地。啪答啪答，鮮血滴落了下來。

昌浩吼叫著：

『紅蓮，你這個笨蛋！你傷成這樣……我該怎麼跟爺爺解釋才好?!』

紅蓮靜靜的看著他。

『別在意，如果你死了，我也不好過！』

昌浩顫抖地注視著紅蓮。

你之前也說過同樣的話啊，『如果你死了，我也不好過，所以我不能讓你死。』

『給你，呼喚我名字的權利』——昌浩耳邊清晰浮現這句話。

對著無言的昌浩，紅蓮冷靜地說：

『你要成為陰陽師，而且要達到最高的境界，這樣才能超越晴明，怎麼能死在這種地方呢？』

是的，決定了。昌浩不知道，晴明也不知道，不過在昌浩出生時，紅蓮就已經決定了。

繼承晴明血統的後代的確擁有各自獨特的才能，然而大家都怕紅蓮，甚至恐懼地啜泣，流露出嫌惡的神情。

『紅蓮死掉的話，我同樣也不好過啊！如果沒有小怪，我肯定會寂寞死了，而且……』

昌浩說不下去了，一少了憤怒，他竟無法思考，也什麼都想不出來了。

紅蓮笑著。

對了，只有你沒有哭。

每個人都怕騰蛇，害怕它散發出來的神之氣息，甚至不許它靠近身旁。只有這孩子，才出生就直視著騰蛇，高興地笑著，還伸出了小手。即使隱形的騰蛇在身旁，他也毫不害怕。自從這孩子有記憶以來，總是跟在晴明的身後，快要跌倒時則緊抓住騰蛇的腳，並且樂此不疲。

紅蓮緊閉著雙眼，憶起的都是昌浩幼小的身影。昌浩甚至不知道騰蛇總是跟隨在身邊啊。他不僅救起了被推進池子裡的昌浩，之後仍時時刻刻守護在昌浩身邊，以免他再被陷害，他就這樣看著這個孩子長大成人。

——派個式神跟隨在昌浩身邊吧？我願意去。

晴明並沒有指派紅蓮，是紅蓮向晴明自薦的。

無論對小怪，或是在知道紅蓮的真正身分後，昌浩的態度絲毫都沒有改變，那難得稀有的本性驅散了紅蓮的擔憂。

紅蓮呼吸越來越淺，不斷喘著氣。即使是神將，也沒有不死的道理，傷到本體時還是會死去的。

火牆搖曳著。紅蓮僅有眼睛轉動著，看著火牆外的那群妖怪，它們雖然被火燒灼仍不放棄地張牙舞爪。

他起身準備迎戰，昌浩抓住他的手喊叫著：

『我會成為偉大的陰陽師的，你一定要親眼看到啊！不許你死在這種地方！』

紅蓮稍稍睜大了眼睛。昌浩卻阻止他繼續往前。

『別鬧了，可惡的妖怪，我可是真的生氣了！』

妖怪們發出了嘲笑聲。

胸口疼痛，像被猛刺般的疼痛逐漸加劇。或許剛才的召神術已經把力氣都用光了，不過……

昌浩取出符咒，擺好架式。才不能就此放棄呢，只要去做就做得到！

『嗡帕薩拉卡……』

就在那一瞬間，從天上飛來無數道光芒，一閃便揮開了重重包圍的群妖。

小怪的陰陽講座

⑳《山海經》原文（見〈西次四經〉）：『邽山，其上有獸焉，其狀如牛，蝟毛，名曰窮奇，音如獋狗，是食人。』邽，音ㄍㄨㄟ。另一種說法則見〈海內北經〉：『窮奇狀如虎，有翼，食人從首始，所食被髮，在蜪犬北。一曰從足。』

11

昌浩依舊手持著符咒，無法動彈。

那些『人影』毫不費力地驅散了多得嚇人的妖怪。但他們並不是人，雖然有著與人類相同的身影，卻散發著神的氣息。

窮奇轉過身，對著突然現身的敵人發出低沉的威嚇聲。在這許多人影之中，它對著其中一個年輕人露出了利牙。

『那是誰啊？』

昌浩看著那個年輕人，驚訝地喃喃說著。

那人年約二十歲左右，身穿深色上衣，長髮纏繞在頸後，並沒有戴著成年後必須佩戴的烏紗帽，與外表顯示的年齡有著不協調的奇異感。其他的人影似乎都聽從那青年的指示，像是守護著他似的跟隨在身旁。他們是式神嗎？

青年從懷裡取出符咒，淡淡地笑著，同時散發出驚人的靈力。昌浩不禁後退。是誰擁有如此驚人的力量呢？據他所知最強的就是晴明，可是這個青年卻更勝於晴明。

『那究竟是誰啊？』

紅蓮沒有回答，其實昌浩也不是非知道答案不可。他繼續注意著青年的舉動。

多不勝數的妖怪逐漸逼近，包圍住青年。

難道他要行使降妖術嗎？只見那青年手持符咒在身前，然後閉上眼睛詠唱咒文。式神們揮開了不斷飛躍而來的妖怪，不過數量實在太多了，難以完全消滅。幾隻妖怪趁著式神不注意，對青年發動攻擊。

『危險啊！』

昌浩隨即畫下切印，穿過了紅蓮築起的守護牆，喊出：

『嗡咕哩咕哩帕薩！』

原本想襲擊青年的妖怪與包圍著昌浩的無數妖怪都彈飛了出去，痛苦哀嚎地打滾著。

青年露出驚訝的神色，張大眼睛，卻沒說什麼，只淡淡的笑著，跟隨他的式

神們則訝異的看了昌浩一眼。

昌浩鬆了口氣，癱坐在地上。

『昌浩！』

紅蓮發出顫抖的聲音，但昌浩回說沒有關係。

昌浩的法術使得那些妖怪無法接近青年，不過如果有人擁有那樣的靈力，恐怕也不需要協助了，但昌浩的個性就是不能坐視不理。

青年盯著神情緊張的妖怪，就在昌浩法術的守護下，以洪亮的聲音威風凜凜地說：

『——萬魔拱服！』

昌浩無法理解在那一瞬間究竟發生了什麼事。

『咦？……』

他茫然地環顧四周，被閃電擊中的無數妖屍變得焦黑，滾落一地。倖存的妖怪也帶著殘缺不全的軀體四散逃去。那個駭人的妖怪窮奇忿恨的怒視著青年，然

後在黑暗中消失了蹤影。之後就是一片寂靜，以及皎潔月光映照下的瓦礫堆。

紅蓮像凍僵般一動也不動地注視著青年。

青年踩著輕盈的腳步走到昌浩身邊，伸手拍拍他的頭。

咦？昌浩像想起什麼似地抬起頭來，青年只是沉靜地笑著，然後他默默地手持符咒，口中開始唸唸有詞。符咒飛到紅蓮身邊，啪的蔓延開來包圍住他全身。

『紅蓮！』

昌浩驚訝地趕過去時，紅蓮身上的傷已消失不見了。昌浩仔細確認之後，不禁嘆了口氣。

『太厲害了！』

太神奇了！他竟然完全不知道有這麼厲害的陰陽師。大家都說安倍晴明是當代最偉大的，但是如今出現了這麼年輕又擁有高強靈力的陰陽師，恐怕得重新洗牌了吧。

風吹拂著。昌浩回過頭去，轉瞬間，青年和那些式神忽然都消失了。

『不見了！』

昌浩張望四周，沒有發現任何蛛絲馬跡。他們會來到這裡簡直就是奇蹟！

他緩緩吐氣，胸口已經不再感覺疼痛了。難道這也是那個青年的法術嗎？如果真是如此，那實在是太了不起了！

『昌浩，回去吧！』

是那種帶著不滿的語氣。昌浩趕緊往下一看，小怪一臉痛苦地瞪著瓦礫堆看。傷痕看起來都消失了啊，難道還有什麼地方不舒服嗎？無論如何，平安就好。他兩手抱起小怪，笑著說：

『小怪，回去吧！』

回到家時，東方天際已經泛白。原本表現得安然無事的昌浩，也許是經歷了種種劇烈的衝擊，搖搖晃晃地爬上圍牆，好不容易才回到了自己的房間。

『小怪，好好休息吧……小怪？』

不見了！

咦？昌浩歪著頭走出房間，卻看見小怪氣沖沖地走向迴廊。怎麼了？他覺得奇怪，於是跟在小怪身後，結果小怪冒冒失失地闖進了晴明的房間。

『喂，等等啊，小怪，爺爺在睡覺呢……』

不知該如何是好的昌浩，突然聽見小怪怒氣沖天的叫嚷聲。

『晴明，為什麼要做這麼胡鬧的事?!』

昌浩呆呆站著。

咦？

昌浩偷偷摸摸地從門縫往內窺伺，看見倚著扶手、似乎睡眼惺忪的晴明，還有站在他面前憤慨不已的小怪，額頭上的印記紅光閃爍，大大的眼睛閃閃發光，看起來相當憤怒。又為了什麼呢？

昌浩倚著門百思不解，被突如其來的開門聲嚇得跳了起來。

『哇——啊！』

他慢慢轉過身，一個從未見過的女人靜靜地對他招手，從散發出來的氣息可以知道她並不是人類。既然在晴明的身邊，可見是式神，也就是十二神將之一吧。

既然被召喚了，也只好抱著必死的決心走了進去，晴明對他露出了和藹的笑容。

『哎呀，昌浩，真是太危險了啊！我不是告訴過你要認真的修行嗎？爺爺不是對你有什麼不滿才這麼說的，不過那樣的場面還用不著犧牲自己的性命去解決吧，看來爺爺還是不能安心地退休啊！』

『啊？』

面對忍不住發出疑問的昌浩，晴明又繼續說：

『雖然覺得不妥，但為了我可愛的孫子，爺爺只好硬著頭皮去做了。』

『啊？』

有種討厭的預感。昌浩焦躁地皺起眉頭，卻故作鎮靜地問：

『爺爺，您指的是什麼呢？』

晴明手持扇子指著昌浩身後，昌浩猛一回頭，不禁全身僵硬。在他身後有五個人影——當然不是人類了——散發出沉穩或剛烈的各種清冽氣息，而昌浩剛剛才見過他們。

『神將？』

昌浩茫然地自言自語著，然後緩緩地望向晴明。難道……

晴明抿嘴一笑，什麼都不說，接著又傳來了小怪憤慨的怒吼。

『為什麼要讓魂魄飛出來呢?!弄不好傷到軀體的話可就死定了啊！』

『不可能的，我特意把青龍與勾陣留在這裡了，別擔心。』

『不是這個問題啦，想想自己的年紀吧！』

小怪仍然大發雷霆，不停地咒罵著。

昌浩覺得暈頭轉向，他壓著額頭，拚命地整理所有的一切——也就是說，拯救昌浩他們的是晴明與他率領的神將。晴明的魂魄脫離軀體，來到了他們身邊。但是不管怎麼看，那身影都只有二十歲左右啊，如今在他眼前的爺爺少說也超過七十歲了。

晴明留意到昌浩的眼神，故意深深地嘆了口氣。

『昌浩呀……』

晴明手環抱在胸前，流露出老人的疲態，語重心長地說：

『我這個爺爺是如此竭盡所能地傳授你那麼多技能，沒想到竟然還是發生這樣的事情！』

『啊？』

『真是太丟臉了！那種程度的妖怪，用一隻手就可以擊退了。』

昌浩緊閉著嘴，討厭的預感像是烏雲般在胸中蔓延開來。

晴明用手指撫弄著額頭，看似悲傷地垂下頭來。

『果然得重新再來過了。從你懂事以來，總是爺爺、爺爺的跟在我身後，那時笑得是那樣快樂啊，那時候的你真是可愛極了！』

又來了。冷靜，我可不能認輸。

昌浩開始與自己的耐力交戰，晴明裝作沒看見，又繼續說著：

『記得嗎？你曾經說過，長大了要成為像爺爺這樣的陰陽師。結果卻出了這樣的差錯，爺爺難過得要掉眼淚了啊！』

原本氣憤不已的小怪，如今則屏息注意著昌浩對晴明的沉默抗戰。

『只是驅散那些妖怪的話，它們還是會躲在某個地方的。不過，對付不了那種程度的妖怪，實在是、實在是不可能成為最偉大的陰陽師啊！唉，都是我這個爺爺教導無方，才會粉碎了你的夢想，難過啊，爺爺好難過啊……』

可惡，憤怒已經到達臨界點，就要爆發了！

昌浩的眼中像要冒出火，怒視著晴明。

『知道了，我會打敗那些妖怪的！嗯，等著看吧！』

昌浩高聲地宣告後，便立即起身告退。

『我要去睡了，晚安！』

他拖著難掩憤慨的身子，發出啪噠啪噠的腳步聲離開了房間。

晴明看似懷著說不出的歡愉般目送著昌浩的背影，然後哈哈大笑了起來。

『太好了，還是那麼心直口快啊！』

小怪驚訝地看著興高采烈的晴明。

『晴明，你總有一天會被人討厭的！』

『別擔心，別擔心。即使如此，我還是愛著昌浩，這一切都是我對他的愛的證明啊！』

被打敗了。

小怪哎呀哎呀的歎息著，晴明則收起了嘴角的笑意，身子向前探，對小怪說：

『紅蓮，你也該振作了。卸下式神的任務不能只是這樣啊！』

一聽到晴明喚自己紅蓮，小怪趕緊安靜下來。

既然是自願成為昌浩的護衛，就得貫徹意志守護到底，然而卻不是讓自己犧牲啊！守護昌浩，也等於要守護住自己的性命。晴明要說的就是這個道理吧。

小怪搖搖尾巴，對著晴明致意後走出了房間。

昌浩的房門還敞開著。

『昌浩！』

走進房間的小怪被突然飛來的書本嚇得停住腳步。

房內已是一片慘狀，幔簾掉落，扶手也倒了，書本散落一地，卷軸也鬆開了。從小怪臉旁飛掠而過的則是《山海經》。

『可惡，什麼嘛！什麼「都是我這個爺爺教導無方，才會粉碎了你的夢想」，普通的陰陽師哪能讓魂魄脫離軀體啊，而且還故意裝成那麼年輕的模樣！』

的確，小怪默默地表示同意，就因為是晴明，所以才辦得到，那是其他陰陽師所沒有的才能。

昌浩手上緊握著習字用的宣紙，繼續怒吼著：

『既然從頭看到尾，為什麼不立刻出手救我們呢？那隻老狐狸只想在最緊要的關頭才出現，想到就讓人生氣，真是氣死人了！』

說得也是，小怪也表示同感。既然是晴明，昌浩當然會這麼想，不過——小怪略歪著頭思索著。自從昌浩出生以來，自己就一直看著這孩子長大。最近晴明的確經常故意為難昌浩，但應該還用不著被罵成『老狐狸』這麼慘吧！

『昌浩，你究竟為什麼這麼討厭晴明呢？』

小怪問。昌浩縮回了原本準備靠在扶手上的手，猛然轉過身。

『給我聽清楚！那是在我五歲的夏天時發生的事！』

當時，晴明在工作以外的時間，無論到任何地方都會帶著昌浩。而昌浩也滿心歡喜地跟隨著，在那件事發生之前，昌浩是那麼的喜歡晴明。然而……

『那隻老狐狸竟然在傍晚時把我一個人丟在貴船神社㉑！』

聽到昌浩的嘶吼，小怪想起來了——原來是那件事啊！

那時昌浩真的很愛黏著晴明，已經快變成被寵壞的孩子了。晴明儘管疼愛昌浩，卻明白再這樣下去，這孩子恐怕成不了大器。難得他擁有那樣的天賦，若不狠下心來訓練他是不行的，於是晴明在傍晚時把他放在貴船神社，而且還特地將那孩子用繩子綁在樹上才離去。

也許是想起了那段往事，昌浩的臉色鐵青著。

『晚上的神社真是恐怖極了！一片漆黑裡只有星星的亮光，四周靜得只能聽見蟲鳴，還不知從何處傳來了咚咚的敲打聲！』

是啊，小怪在心裡回應著。聽著那充滿怨恨地敲打著五寸釘的聲音，還不知道害怕且被寵慣了的昌浩，終於再也忍不住地啜泣起來。

為了怕昌浩遭遇危險，他身邊還有紅蓮暗中保護著，所以晴明才會放心地丟下他。

『結果爺爺直到第二天早晨才回來，你知道他說了什麼嗎？「不好意思啊，因為有公務在身，現在才趕回來。」而且還若無其事地嘻笑著！當時我真的覺得爺爺根本就是魔鬼嘛！』

儘管明白事情的來龍去脈，小怪還是只能默然地點頭同意。

雖然手段激烈了些，沒想到因此造成了昌浩心中頗深的傷痛。原本這孩子還沒那麼討厭晴明的，看來晴明的計策算是成功了吧。

從此以後，昌浩就開始與晴明唱反調，不過那也是晴明的盤算之一，總之昌浩這一路走來總脫離不了晴明的預期。

也許昌浩愈來愈憤怒了，語調也跟著變得更激昂。

『沒血沒淚這句話根本就是在形容那隻老狐狸嘛，可惡！』

不過，再怎麼氣憤也該有個底線吧，於是小怪開口想要制止。

『嗯，昌浩，應該……』

『而且啊，既然要救，為什麼不在紅蓮還沒受傷時就出手相救呢?!雖說是神將，也是會受傷、會痛，甚至還會流血的啊，那隻老狐狸根本就是冷血！』

昌浩不停咆哮著，紅蓮這才明白原來自己受傷才是昌浩如此憤怒的主因。

因為自己還沒完成修業，還是個菜鳥，紅蓮為了守護這樣的自己，所以連一半的實力都無法發揮，因而身受重傷。晴明說得沒有錯，所有的錯都是自己未成大器所造成的。

我知道啊，雖然知道，但是……無法收斂的怒氣究竟該往哪裡發洩呢？

『小怪！』

昌浩突然抬起頭來，嚴肅地叫著。小怪見了不禁肅立站好，右手舉在額頭邊。

『是！』

昌浩雙手握緊拳頭顫抖著，聲音激動得連地板都要為之震動。

『我一定要辦到，一定要用這雙手把那些妖怪全部打敗！小怪，請你助我一臂之力吧！』

小怪望著立誓打倒妖怪的昌浩，眨著圓滾滾的眼睛，欣喜地點頭。

昌浩看看小怪，捲起了竹簾。黎明的天空一片潔白明亮。

啊，多麼清爽的拂曉。

即使空氣如此涼爽，昌浩的心還是無法平靜下來。他瞪著天空，大吼著：

『你還在看吧?!可惡的老頭啊！——』

陰陽道名門安倍家的么子——十三歲的安倍昌浩，雖然始終被偉大的爺爺百般刁難，但是仍然不畏艱難地誓言打倒來自異邦的妖魔鬼怪。

尚未從沉睡中甦醒的京城天際，迴盪著少年的吶喊。

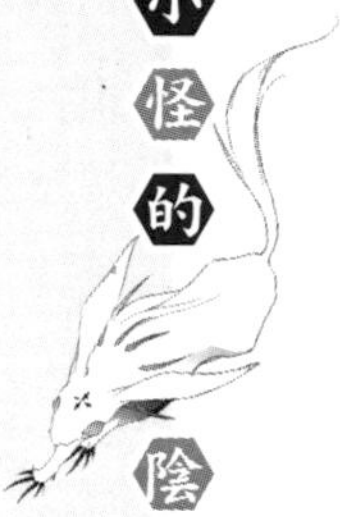

小怪的陰陽講座

㉑貴船神社在京城北方，守護著北面的『玄武』地以防鬼怪入侵。傳說中，心懷怨恨的白衣女鬼半夜會在神社附近出現。女鬼胸口掛著銅鏡、腳踩木屐、啣著一把木梳，頭上戴的生鐵環上插著三根蠟燭，一手拿著鐵鎚，另一手拿著五寸釘，把受詛咒的草人用力釘入樹幹上作法。光聽見那釘釘子的聲音就夠可怕了，難怪可憐的昌浩會嚇哭啊！

少年陰陽師 貳

黑暗的呪縛

為了徹底消滅異邦來的妖怪，昌浩和小怪夜夜守護著京城，並且四處追尋妖怪的蹤跡。此時他們聽說貴船神社半夜有女鬼出現，便決定前往一探究竟。另一方面，左大臣的女兒彰子再度陷入險境，附身在彰子親戚身上的妖怪正逐漸向她伸出魔掌。為了保護彰子，昌浩必須正面迎戰邪惡的黑暗勢力！

國家圖書館出版品預行編目資料

少年陰陽師．壹．異邦的妖影 / 結城光流著；
陳柏瑤譯．-- 初版．-- 臺北市：皇冠，2006[民95]
面；公分．--（皇冠叢書；第3564種 少年陰陽師；01）
譯自：少年陰陽師 異邦の影を探しだせ
ISBN 978-957-33-2247-4（平裝）

861.57　　　95010598

皇冠叢書第3564種

少年陰陽師 01

少年陰陽師——
異邦的妖影

少年陰陽師
異邦の影を探しだせ

作　者—結城光流
譯　者—陳柏瑤
發 行 人—平雲
出版發行—皇冠文化出版有限公司
台北市敦化北路120巷50號
電話◎02-27168888
郵撥帳號◎15261516號
皇冠出版社（香港）有限公司
香港上環文咸東街50號寶恒商業中心
23樓2301-3室
電話◎2529-1778　傳真◎2527-0904
責任主編—盧春旭
美術設計—王瓊瑤
印　務—林佳燕
校　對—鮑秀珍・余素維・丁慧緯
著作完成日期—2002年
初版一刷日期—2006年7月
初版十六刷日期—2015年4月
法律顧問—王惠光律師

讀者服務傳真專線◎02-27150507
電腦編號◎501001
ISBN◎978-957-33-2247-4
Printed in Taiwan
本書特價◎新台幣199元 / 港幣67元